主编 凌翔 新时代精品朗诵诗选

寄秋书

胡岚 著

中国民族文化出版社
北京

图书在版编目（CIP）数据

寄秋书 / 胡岚著. — 北京：中国民族文化出版社有限公司，2020.6
 ISBN 978-7-5122-1363-0

Ⅰ. ①寄… Ⅱ. ①胡… Ⅲ. ①诗集—中国—当代 Ⅳ. ①I227

中国版本图书馆CIP数据核字（2020）第093781号

寄秋书

作　　者：	胡　岚
插　　画：	子　茉
责任编辑：	万晓文
责任印制：	张　宇
出　版　者：	中国民族文化出版社　地址：北京东城区和平里北街14号
	邮编：100013　联系电话：010-84250639　64211754（传真）
印　　装：	唐山楠萍印务有限公司
开　　本：	710mm×1000mm　1/16
印　　张：	13
字　　数：	120千
版　　次：	2020年6月第1版第1次印刷
标准书号：	ISBN 978-7-5122-1363-0
定　　价：	49.80元

版权所有　侵权必究

多音部吟唱中氤氲纯正的诗意

李云

从边塞诗到当下的西部现代诗,新疆,在古往今来的诗人的诗章里是被抒情的主体,它充溢着雄浑、磅礴、豪放、浪漫、悲壮以及瑰丽、哀婉等斑斓的色彩和基调。远者不追,当代新疆西部诗人昌耀、周涛、沈苇、郁笛、亚楠等对中国西部诗歌的建构和贡献,是引人注目的。是的,西部诗歌属于这些豪情万丈的西部汉子,仿佛,只有他们才能接下边塞诗的衣钵,但当胡岚以她的《寄秋书》诗集悄然出现在中国诗坛时,我们欣慰地看到西部现代诗又添了一位骁将,且是一位年轻的女性诗人。她的诗歌理念和文本呈现,无疑为当下西部诗坛带来一缕新鲜的春风,为西部诗歌的多方突围和新域区开拓带来新的可能和方向。

我把胡岚归于西部现代诗群是有理由的,一是她一直生活、学习、工作在新疆一个叫库尔勒的地方。二是她的诗歌文本底色是属于边塞诗和西部现代诗歌美学范畴的。如果把她的一些诗歌文本拿来做切片分析,那么,我们可以分明地看到她依然在"胡杨""红柳""沙枣花""大漠""戈壁"里取象,在这些被众多不同时代诗人写过的抒写对象里,写出自己新的感悟、新的发现。这是新疆从她出生伊始就赋予她的文化层面和生活层面的物象。

艾略特曾说："真正的诗人，可以写出那些还未曾在他身上发生的体验。"福克纳却说要写"自己那像邮票大小的家乡"。两位大师所语是站在各自的美学思考上的发声，均有一定的道理。而胡岚在写诗实践中对这两种美学理念都兼容并蓄。她写西部古老的物象，也写当下西部人现代生活的情感表达；写油井上的巡线工、送饭女工、104岁的罗布老人，又把笔触延伸到切尔诺贝利的废墟和灰烬上；写亲情、爱情、友情，又深层地审视《转世》《远方的远》以及对生命终极、时光等进行现代性的思考。这些构成了胡岚诗歌本体的多元、复杂和多声部的吟唱特质，形成了她带有西部诗歌的胎记，又有着先锋性、现代性迥异的诗歌风貌。

细析《寄秋书》诗集文本，我认为有四个方面的特点。一是颂词：细节的作用与诗意纯正。颂，作为诗歌的一种类型，一直被所有诗人所操持和沿用，是诗歌书写主要功能的要素之一。胡岚在继承和沿用这种诗歌创作的手法时，目光聚焦的是自己所熟悉的新疆万物和自己的生活。颂，使胡岚的诗歌走向纯正，她老实、忠诚、纯粹地"我手写我心""我写我见，我写我思"。在这里，她运用得比较好的是用细节来渲染、抒情、佐证诗歌的魅力。她写《给勘探队员送饭的女工》，"风一吹，心就紧／一头是山上踏勘的丈夫／另一头是／留守的老人和孩子"；还有《巡井》中的石油工人巴图尔，"四个月没有回家了／他对着空无一人的椅子说话／对着空空的墙壁说话／只有他的脚步在回应"；《远客》中28岁的陕西娃泥浆工杨军，"在无人的戈壁，他对着一只鸟说／看，井架上飘扬的／宝石花——"，等等。她用白描的手法，让细节呈现让人怦然心动的诗意，这些真实的细节唯有诗人到生活的现场才能采撷得到，在书斋里显然是编造不出来的。而且，她对自己的事业也充满了炽烈的情感，并将之朴素地表达出来。她写了不少歌颂石油工人和他们生活的抒情诗，比如《车过盐水沟》《沙漠植物园》《石头记》《栈桥之歌》。她浓墨重彩地礼赞新疆的风物，礼赞石油人的精神,"干最脏最累的活,做最干净最快乐的人""做石头也好,可以超越季节和轮回""装下草原的心,也装得下戈壁"……这些朴实无华且隽永的语词,让我们读来受到鼓励、升华和启迪。

二是吟咏:多元情感的多向度表达。纵观胡岚的诗歌,可以发现她的写作是在多元情感里飞翔和滑行,在对这些多元情感主题的表达上,她是多向度的,这就使她的诗歌产生了复合之美。予亲情、爱情、友情等永恒主题以新的发现,并赋予这些主题在现代意识下的表达,使其产生异质之美,凸显文本的唯一性、排他性。胡岚的《汗蒸记》记下了她和闺蜜一起去汗蒸时的生活片段,诗中写道:"房间里温度灼热/像前半生递增的年轮,岁月缔结的/果子,时间磨砺的珍珠"。从庸常的生活中提炼诗意,她写爱情,既写了《柏拉图的爱》,也写下《时间的玫瑰》,并在《顺其自然》里一声轻叹"纷纷扬起的/雪花,还来不及爱就化了"。但她更多的是"叶落秋尽/孤独保留了孤独/我保留了你",一个真实的现代女性在爱情现场徘徊、决绝、低吟、倾诉、呼唤都在诗行里凹凸、立体得如雕塑般。她的叙述是静水深流的,是悄声呢喃的,是对话式的倾诉,她拒绝大声的呐喊和飞流直下的喧嚣。她用多声部的语调不紧不慢地叙述,她的多声部里没高音,只是在中音和低音吹奏着婉转和悲怆的曲调。她反复地吟咏"时光""救赎""清白"。她说"一枝荷也压不住人间的/尘垢"。她的诗有时让我感到一种缺氧的窒息和决绝后的无奈。

三是哲思:玲珑心中闪现的晶莹光泽。在诗中注入哲学思考并加以表达,使诗有重量,有钙质,更为深邃。大凡能成为经典的诗,肯定有哲学的支撑和哲学意义的表达,这是好诗和一般诗的试金石和分水岭。胡岚博览群书,尤其是西方美学和西方哲学的经典文本,在鲁院学习时,我就注意到她有此"嗜好"。这些学术的滋养,使她建构了自己的哲学学术基础,可以支撑文本。她的诗歌弥漫着金子般的富有哲学意味的诗句,譬如"走过相同的路/再不会遇到相同的人""神说/冬天离开的人,在春天重逢"。

"当我们开始怀念／就已经在失去""我们留恋旧的东西／用旧的时光和错过的爱"，以及"一种形式的存在／是另一种形式的消亡"等，这些诗句在她的诗行中随手可拾。这些诗句的诞生，也构筑起胡岚诗歌主体的重量感，并让她的诗有别于一般女性诗人的创作。事实上，这种区别归根到底是诗人自我学术的储备和使用使然。诗人情真，哲人理真，两者相融自然是一个高的境界。

四是氤氲：向一种诗歌境界的朝圣。顾随在《驼庵诗话》里指出，诗有三种姿态：第一种是夷犹，飘渺；第二种是锤炼；第三种是氤氲。他说：氤氲是文字上的朦胧而又非常清楚，清楚而又朦胧。若说夷犹是云，锤炼是山，则氤氲是气。我认为这是三种诗歌境界。关于氤氲，我赞同将诗理解为"气"，它是可见又存在的，是意念的，更是物质的。胡岚的诗里充溢着生动之气、清雅之气、灵性之气，又有时尚、浩然之气。有气息的诗是有生命的。在气韵生动之下，胡岚的诗就呈现一派生气盎然的风景，譬如这些诗行："我的体内有闪电／有豹子的觊觎／有十万亩良田和带刺的玫瑰""万事万物都将逝去／大风起处，谁将替我们活过""风摇过，满目青川／谁听见，一棵树对另一棵树的呼唤""蓝紫的花瓣在风中摇曳／风一动，心就疼／像极了爱情"。这些诗行里有胡岚对大漠永恒的雄浑吟唱，有对树的生命体的哀婉之思，有对一朵花和爱情际遇的细微理想和感伤，还有"在神布拉克瀑布／一些欢乐和声音／像星星坠入草原""没有悲凉也不是谢幕"等机智的发现和悲悯的哲思。

胡岚的沉默里有自己独特的哲学思考，有唤醒万事万物生机勃发的吟唱，她用歌的声音表达，用诗的形式呈现。期待胡岚的诗歌走得更高、更远！拱手祝愿。

是为序。

目 录

辑一　塔克拉玛干，沉默或唤醒

在塔克拉玛干，遇上一场雨　002
一条流入沙漠的河　003
车过盐水沟　004
远客　006
给勘探队员送饭的女工　007
在克深　008
塔克拉玛干，神秘的欢喜或死亡的战栗　011
途中　014
沙漠植物园　015
沙　017

勘探队　018
巡井　019
倾诉　021
风往北吹　023
在路上　027
如见　028
风暴　029

石头记 030
栈桥之歌 031
有一种记忆是铭刻 032
目送 035
远方 037
春风从不虚度 038
胡杨 039
等一场风 040
塔克拉玛干，沉默或唤醒 041

辑二 来来去去的云，合二为一

我爱过 046
火烧云 047
过客 048
保持一颗星的距离 049
救赎 050
寄秋书 051
顺其自然 052
柏拉图的爱 053
牧者 055
时间的玫瑰 056
在时间的目光里跋涉 058
风落下的声音 059
风语 060
秋天深处的月光 061
月光填满起伏的秋风 062
母亲，我看见你睡在春天的原野 063

当我成为你　065
秋浩荡　067
还乡　068
清明　070
墓园　071
栀子花谢了　072
夜祷　074
一些事物耽于死亡而不知　075
多年以后　076
秋风破　077
汗蒸记　078
秋天，在可可托海　080
岁月眼　083

清白　084
重生　085
转世　086
变故　087
存在或非在，就像记忆或者遗忘　088
命运的烟草店　089
生在五月　091
在秋天，我们说爱　092

辑三　风摇过，满目青川

海之上　094
海是万物，万物也是海　095
一些人走散，一些人走向远方　096

旅途　098
罗布人村寨，秋天的十七个瞬间　099
在鲁院　108
在理想国　109
握手言和　111
有星光的庭院　112
冰洁之美　115
绝境之美　116
矜持　117
时刻　118
远方的远　119
雪落下来　120

妥协　121
殊途　122
涅槃　123
风一吹，雪就散　125
你是遥远的意外　126
触不可及　128
锦瑟　130
礼物　131
晚夕　132
离歌　133
来日无多　134
我摧毁了一切，包括我自己　136
存在与虚无　137
一墙之隔　138

夜游洄溪苑　139
风带来消息　141
谜题　142
沉默的远方　144
遇见　145

辑四　流水是春天的引子

春始　148
风一吹，托呼拉提草原的花就开了　149
矢车菊　151
紫苏　152
草原勿忘我　153
红柳　154
沙枣花　155
忍冬花　156
立春　158
雨水　159
惊蛰　160
春分　162
夏至　163
秋分　164
霜降　165
立冬　166
大雪　167
冬至　168
大寒　170
罗布人村寨　171

夕落　172
缓慢和悠长一样深远　173
一场雨，就是一场杏花梦　175
在神布拉克瀑布　176
菊花台　177
枯叶　178
秋天的童话　179
翡翠　182
白月光　183
月光眼　184

2019年年终总结　185
有多少热爱，说着言不由衷　188
执迷　189
罗布老人　190
爱情和死亡并存　191
哭泣的小孩　193
在春天尽头　195
流水是春天的引子　196

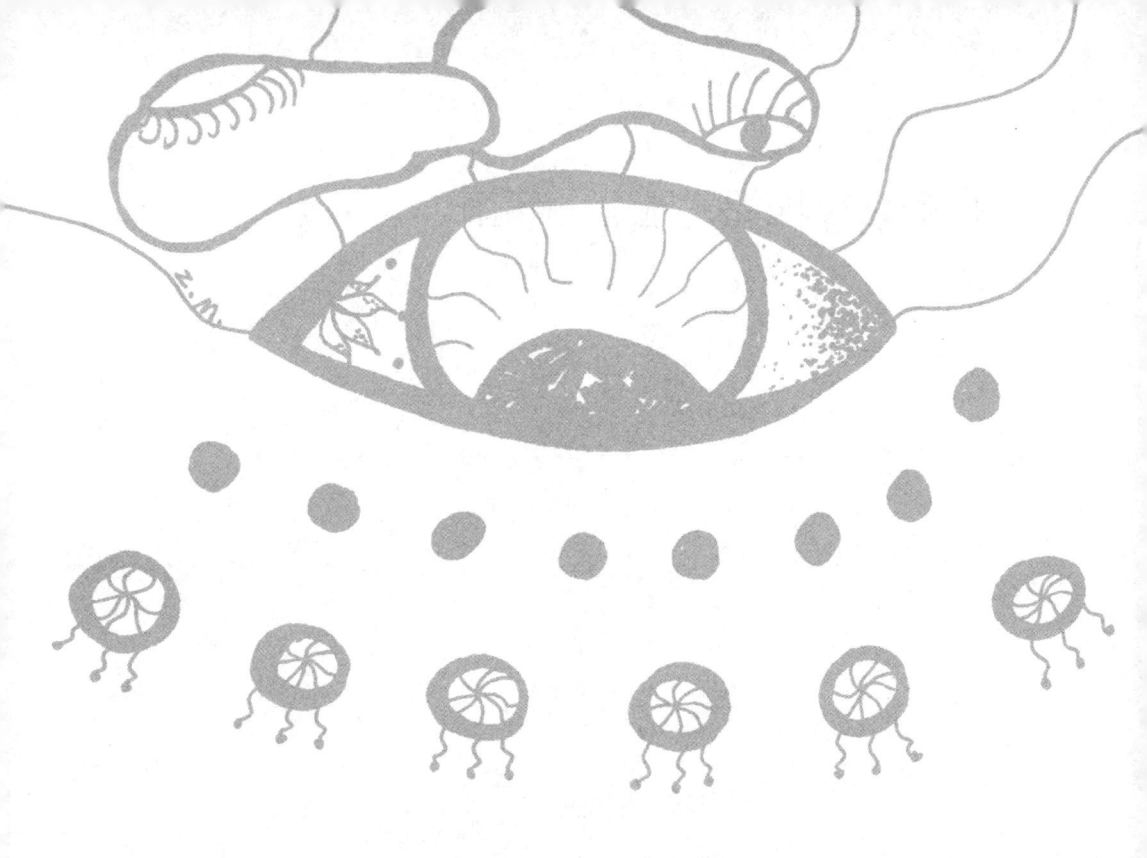

辑一　塔克拉玛干，沉默或唤醒

在塔克拉玛干,遇上一场雨

一代又一代足迹
在时间的深处相继消失

塔克拉玛干,孤独的王
黑暗和骷髅里的神
被恐惧攫住的梦魇
这史诗般的海洋
是天堂也是地狱

你与落日相接的辽阔
是星球遗落的尘埃
每一粒沙都住着一个缄默的灵魂

一朵花点亮光、闪电和雷鸣
天空飞过鸟群,塔克拉玛干的心房响起
大海的涛声

一条流入沙漠的河

蜿蜒的森林延续风的节奏
带着浪的呼唤
胡杨用轻声的叮咛
深深地吸吮

在大地更深处舔舐
要有多少爱才能流成一条河
纠结岸边的草木、芦苇、岩石和流淌的水
一起发疯

穿越塔克拉玛干的心脏
那微微的喘息那潮湿的根系
拱出一个个萌芽的草籽
拱出春天
让诗意在西部的天空流淌绿色

塔里木河啊,大海和湖泊不是你的归宿
从来处来,到去处去
塔克拉玛干是你的宿命

车过盐水沟

那壁立千仞的刀锋
用红色的脊梁雕塑
大地的图腾

那悬浮的布达拉宫是佛的旨意
经幡和转经筒千年的轮回
把你塑在这里，在这里

朔风吹，那红色的山体
像雄鹰一样奔跑的物探人
在黄羊也不能到达的山顶
绳索延续内心的陡峭

天山响彻寂寥的空旷
帐篷和星宿畅饮风餐露宿
岩石和沟壑堆叠负重的疼
要经历多少打磨和探索

才能背负起一个时代的使命

那么多的阳光照向我
那么多的岁月穿越我
山洪冲刷也不能淹没滋生的褶皱
骆驼刺和麻黄草倔强地生长
面对群山的荒芜面对陡峭的山崖
它们从不说艰难

在茫茫词海里
我却找不到一个可以代替的词
平息体内汹涌的绿

远客

二十八岁的陕西娃杨军
泥浆工
油污的工服藏不住干净的脸

空旷的戈壁立着一个井架
一只鸟在这里安家。他
带我看刚孵出的小鸟
四只粉红的生命
幼小、让人怜爱的眼珠满是
机警。这是有生灵的地方
白刺开红花,沙拐枣长出白铃铛

在无人的戈壁,他对着一只鸟说
看,井架上飘扬的
宝石花——

他目光里的豪情
像远处秋里塔格山一样起伏

给勘探队员送饭的女工

雄鹰在秋里塔格山上
放炮、下钻

"留心脚下",她们相互提醒
滚落的石块,陡坡和断崖

盘踞在心里的喜悦和忧伤
是压在背篓里沉甸甸的
饭盒

风一吹,心就紧
一头是山上踏勘的丈夫
另一头是
留守的老人和孩子

在克深

在克深,遇上一场雨
旷野低垂,秋里塔格山苍茫辽远
命里缺水的人,把梦想
植入荒漠,在雨中呢喃
在烈日和风暴中沉吟

我是踏勘路上的一粒沙
在大地深处找寻隐藏油流
热爱一株芨芨草,热爱
金子打造的沙漠。越寂寞
越有迎难而上的骨气

采气树黄色的身姿,静立
戈壁山崖。黄色、红色纵横的管道
先于我抵达家乡

地层深处的钻杆，钻动
梦想，钻动人生。用一粒沙
抵达远方。而南方和北方
都是家的方向。也是
塔克拉玛干和塔里木

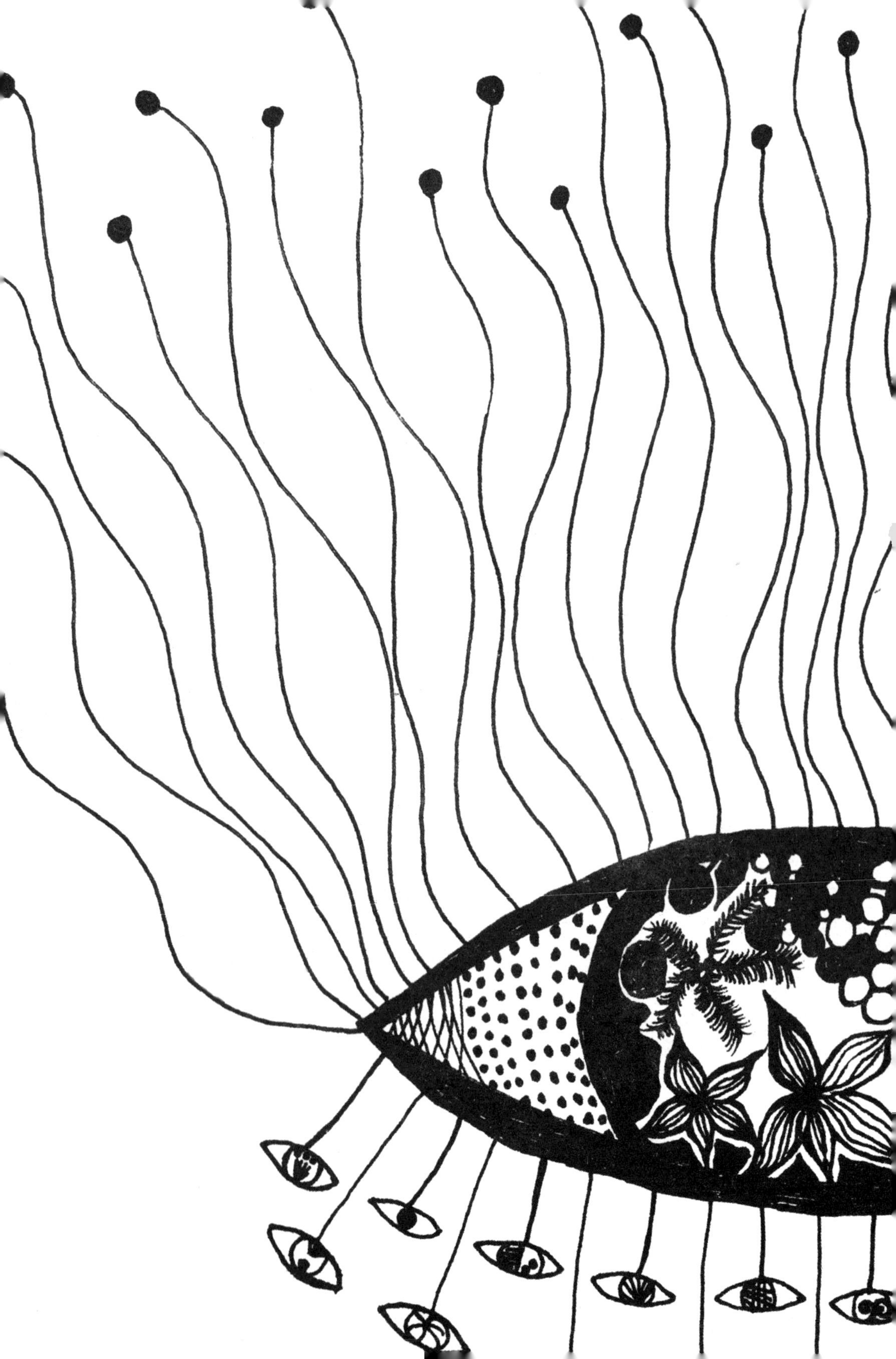

塔克拉玛干，神秘的欢喜或死亡的战栗

从时间到空间，流沙的海洋
掏出肺腑。一粒一粒沙
让人痴迷的金黄，让人绝望的金黄
炙热、滚烫、寒冷、颤栗，塔克拉玛干
你是神秘的欢喜，也是死亡的战栗
秋天的长风，掀起一次又一次巨浪
金色的麦浪与你多么相似
在生与死之间，是那最伟大的爱
赐予我们贫瘠，也赐予我们富矿
流水的弧线，细腻光滑，裸露的肌肤
风一吹沙就动，卷起塔克拉玛干
万顷的柔波
辽阔海洋凝固的波涛
雄壮、粗砺、干涸，这雄性的美
磅礴、汹涌、柔软、细腻、苦难

塔克拉玛干,你是欣喜、变幻
黑夜推动流沙,黎明前的光穿透
山风。用指间的光阴解密
塔克拉玛干的沧桑、沉寂与寂寥
酣眠的深沉区域、岩石的地层
时光的盲区,漫漫长夜——

流沙抚平历史的狼烟
黄沙埋葬白骨、贪婪的欲望和
流逝的时间
黄沙淹没古楼兰的城池
没有永久的荒芜,没有永恒的伤痛
征服者的步履让死亡之海为之震慑

时间变换脚步,以生命的名义宣战
苦咸水和漠风也不能屈服的
是不屈的灵魂对天空的宣言
死亡之海,不再荒凉

几代人的等待、坚守和梦想
负重而行——
踏勘人的脚步沉重
埋在地层深处的碳酸盐岩和奥陶系
时间光年上的
钟点、年代、星辰和世纪

是沉默，是涌动，是希望

沙丘连着沙丘，寂寥吞吐寂寥
天空映照的镜子
隔着远古的海洋，隔着上亿年的时间
隔着生，隔着死
隔着千年的沉睡
也隔着控制与苏醒

持钻杆的手，打开地层的密码通道
穿过流沙，穿过戈壁，穿过坚硬的石块
沉默的岩浆冲破
地层深处囚禁的铁链，猛虎的咽喉
一声长啸——
西部天空升起蓝色的火焰
沸腾的蓝金闪动喜悦的明亮

从千年的海洋到干涸的沙海
死亡永未停止，希望一直在掘进

途中

沙海起伏,从未改变
一代一代流沙的命运
神秘、死亡和真相
命运的迷踪从不提前昭示
归于尘土的真理和
不可逆转的时间

瞬间就是逝去,片刻也是永恒
时间的三相
唯有过去才是真实

"在无穷无尽的序列里
我何必增添一个象征?"

沙漠植物园

在死亡之海
种下花棒、黄花矶松、死不了
苦咸水喂养绿色
也喂养花朵
神照拂不上的地方
石油人用地火点亮
古老的沙海不再屈服于
落日下的辽阔、荒芜

塔克拉玛干露出胆怯的黄
瘦弱的黄、风沙的黄
死亡之海的心脏
响起绿色的哨音

风去往的方向
沙尘在退却
绿色覆盖黄沙

听塔克拉玛干跳动的
深情。用地层深处的石油、梦想
和憧憬浇灌大漠的激情
绿色的芦苇、梭梭、沙拐柳
是插在塔克拉玛干流动沙漠上的
绿色的屏风

流沙的海洋，塔克拉玛干的心脏
旋出绿色的波浪

沙

塔克拉玛干，迷幻，自然，像女人的身体
丰满，起伏。它的旋涡，陷阱和柔软
对我有持久引力
它细腻，善变，无孔不入
在塔克拉玛干，我像沙鸥
飞翔，旋转，起伏
阳光下一个人落泪，像一场地震的善后

沙的海洋，像波涛遇见天空，敞开肺腑
高声哭，大声笑，赤脚奔跑
挥舞双手，天空也不回应
脚底的沙让我感到滚烫的真诚

爱一粒沙吧
爱它无言的喘息，凝固的沉默

勘探队

"金子一样的沙,是渴死的水"
塔克拉玛干,是干涸的海洋
从浩瀚里汲取深沉,捧出
一颗潮润的心。荒凉
就是寂寞。坚硬就是柔软
用钻机递进的声速
锤打地层的筋骨

大地深处,掩埋了
多少秘密。碳酸盐岩和奥陶系
有多少深不可测
勘探队背负缆绳,也背负
荣光与艰辛。满腔的激情
是跳动的火红。燃烧
寂寞;燃烧憧憬

一个个英雄般豪迈的脊梁
擎起梦想,一路向前

巡井

山连着山，戈壁连着戈壁
黄土的戈壁，干涸的戈壁

板房像突兀的孤岛
巡井的巴图尔四十岁
来自草原上的汉子
四个月没有回家了
他对着空无一人的椅子说话
对着空空的墙壁说话
只有他的脚步在回应

黄沙漫过天际
漫过黄土的戈壁，漫过
最沉重的黑夜
漫过炉火旁
冬天最冷的季节

北风吹不皱井架
冷寂的白雪也挡不住
孩子的笑脸和潮湿的嘴唇
蒙古包里温暖的炉火
马匹嗒嗒的奔腾
春风吹染眉梢
芨芨草顶着发丝

装下草原的心
也装得下戈壁
抄下一组组数据
用鹰的眼巡视
一口井

倾诉

抓住这把沙呵
如同塔里木河在侧
黑夜握住流沙
用指缝间的光阴勘测
塔克拉玛干的
贫瘠、富蕴和沧桑

塔克拉玛干是流沙的海洋
也是埋藏白骨的坟场
时间不再孤立

一滴水就是春天
一场风就是苍凉

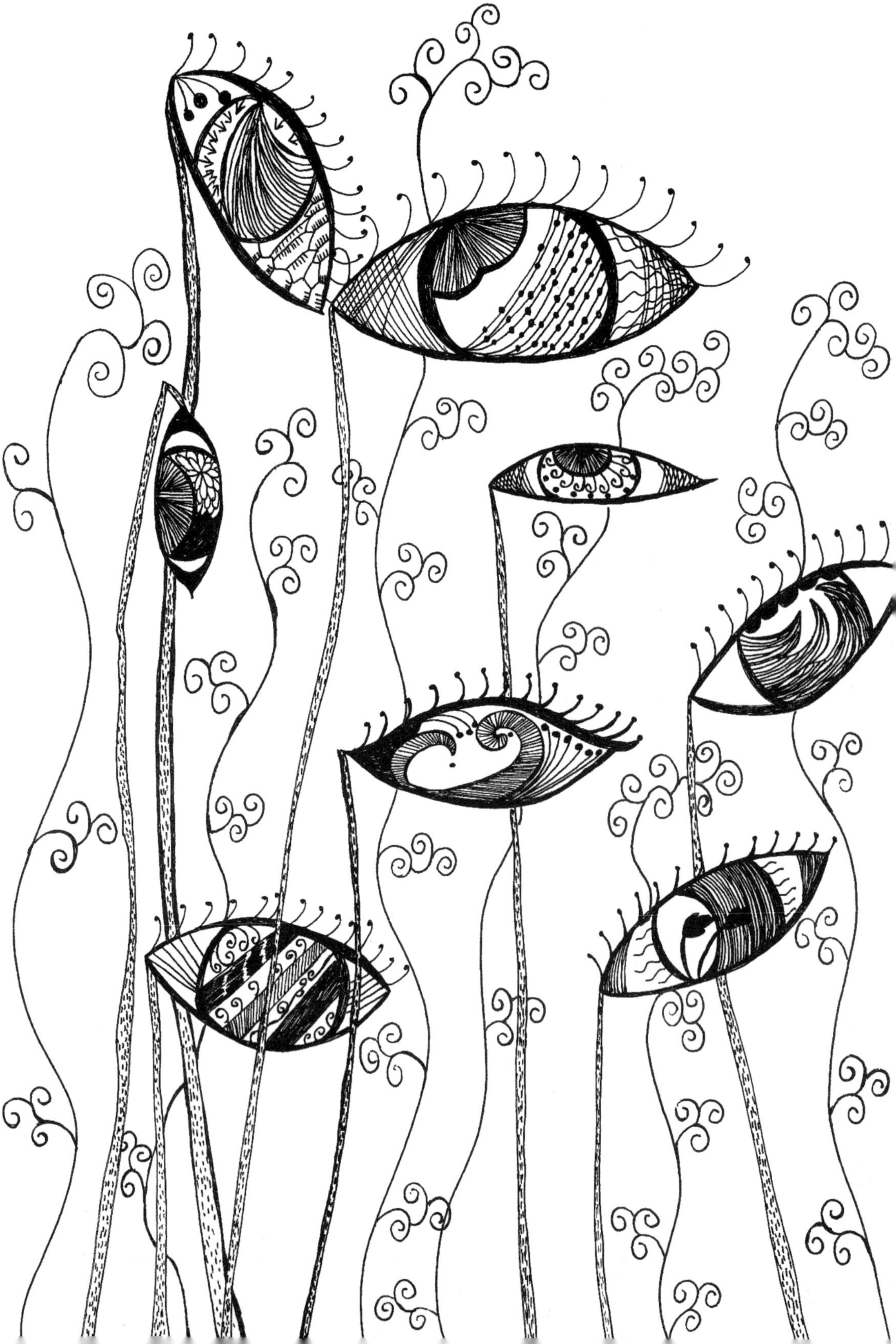

风往北吹

一

只一眼就爱上你
爱你浩瀚的苍凉
用一粒沙的微茫
那些沙海上蜿蜒的浪
拍打着岁月的涛声
塔克拉玛干,你用浩渺的黄沙抚慰
用细细的缠绵
亲吻每一处脚踝
一粒沙,就是一颗无处安放的心

二

你用苦难超度每一个观摩的人
苦咸水养育的红柳、梭梭、沙拐柳

懂得你的忍耐、孤独、寂寞和冷暖

世间没有什么过不去的坎
一场风会迷了所有的路
有多少曲折就有多少平坦
石油人竖起井架竖起人生

风往北吹
塔克拉玛干的风是红色

三

你用辽阔安抚每一个受伤的人
你用沧桑的黄来掩埋
苦涩的过去，羞耻心和幻灭的情欲
你用温柔的流沙，来抚平波澜壮阔的起伏
你说死即是生
曾经的海洋是重生的沙漠
沉积的宝藏是石油人一生的探究和追寻

风往北吹
塔克拉玛干的风是黄色
是沉淀，是积蓄
你用博大接纳每一个迷失的灵魂

映照每一处孤独

你让铮铮铁骨的石油人

用坚硬打磨时光的沟壑

驱逐冲动坚毅信念

散是一粒沙，聚是一片海

梦想拱动春天

沙海长出绿色

与岩芯与石油，谈一场轰轰烈烈的恋爱

风往北吹

塔克拉玛干的风是绿色

四

所有的语言都是苍白的

所有的委曲和不堪

都抵不过一粒沙的高贵

卸下肉体的重，卸下坚硬的骨

那绵密的细沙不分尊卑

在你的怀里褪尽衣衫、梳理疲倦

让每一个人放下身份、摘下面具

欢欣和雀跃

在你茫茫的沙海里照见内心

钻进发肤里的细沙啊，让每一个人返璞归真

映照灵魂的每一次悸动

塔克拉玛干，用滚滚黄沙洗涤红尘的喧嚣

风往北吹

与塔克拉玛干的每一次重逢

都是灵魂的浴血重生

在路上

天上的月儿圆了
像穿过树梢的你的眼

挂在树梢的夜
静止似凝固的叹息

我们在路上
却只做着一件事
离别与重逢

月缺月圆
一个向北,一个向南

如见
——兼致丹玲

梵净山的鸟鸣
空谷里回响的你的声音
等你呀——

印江的流水,山间的野花
游来荡去的云
一山空幽,一山清寂
我们静静坐着,什么也不说
看看云,就好
山岚和明月是此时的证人

揽一怀
涛声和松风
像我们初见的欢喜

风暴

风刮过去的时候
把爱和情欲隐藏在身体
最隐蔽的地方
不去触碰
怕爱和忧伤泛滥

海水涌上来的时候
礁石吞噬黑暗

黑夜袭我以黑色的梦魇
夜空中的闪电
是波浪和海洋的重逢、叠加

水与火的交织足以震撼整个海洋
巨浪袭来跌落的碎片是
灵魂深处的颤音
起伏。烈焰般焚烧的
海岸有多远才能淹没
尖声的惊叫

石头记

新和县博大油气开发部的广场上
有石头堆的场坪
椭圆的,方形的,不规则的
它们挤挤挨挨,没有谁嫌弃谁

黑的,白的,彩色的,有斑纹的
无论是大的还是小的
没有谁更高贵
都是石头呀
只有人才会用金钱贴上
标签

很多事物已经改变
只有石头还是石头
做石头也好,可以超越季节和轮回
坚硬,清寂地活

栈桥之歌

从天空飞度的彩虹打破
戈壁大漠的寂寥与苍凉
鹤位，槽车，凝析油，栈桥上
石油工人的身影，牵动
渴望

向远方出发，五百九十八米的
长龙，在寂寞中奔跑，在时光里
穿行。黑云在闪电中显露狰狞
暴雨的狂欢，让体内潜伏的
力量，日渐强大
栈桥上燃起的火炬，让荒芜的
戈壁沸腾

"干最脏最累的活，做最干净最快乐的人"
一株株红柳擎起戈壁的春天

有一种记忆是铭刻

总是在这样的夜里
在清冷的寒风中
回望。那一夜的星光
闪光灯也来不及捕捉的画面
印刻在岩石
印刻在比地层还深的深处

如果知道瞬间的光影
消逝得这般迅疾
一定会做足功课
守候寒风,掐算星辰

如果没有这一握的温暖
还能不能经住
山风通透的灌顶
冻得麻木的、冰凉的手指
僵硬的脸颊

如果没有向往
还能不能攀爬
在黄羊出没的山顶
深一脚浅一脚

有一种穿透
瞬间就是永恒
在比地层还深的深处
有一种记忆是铭刻

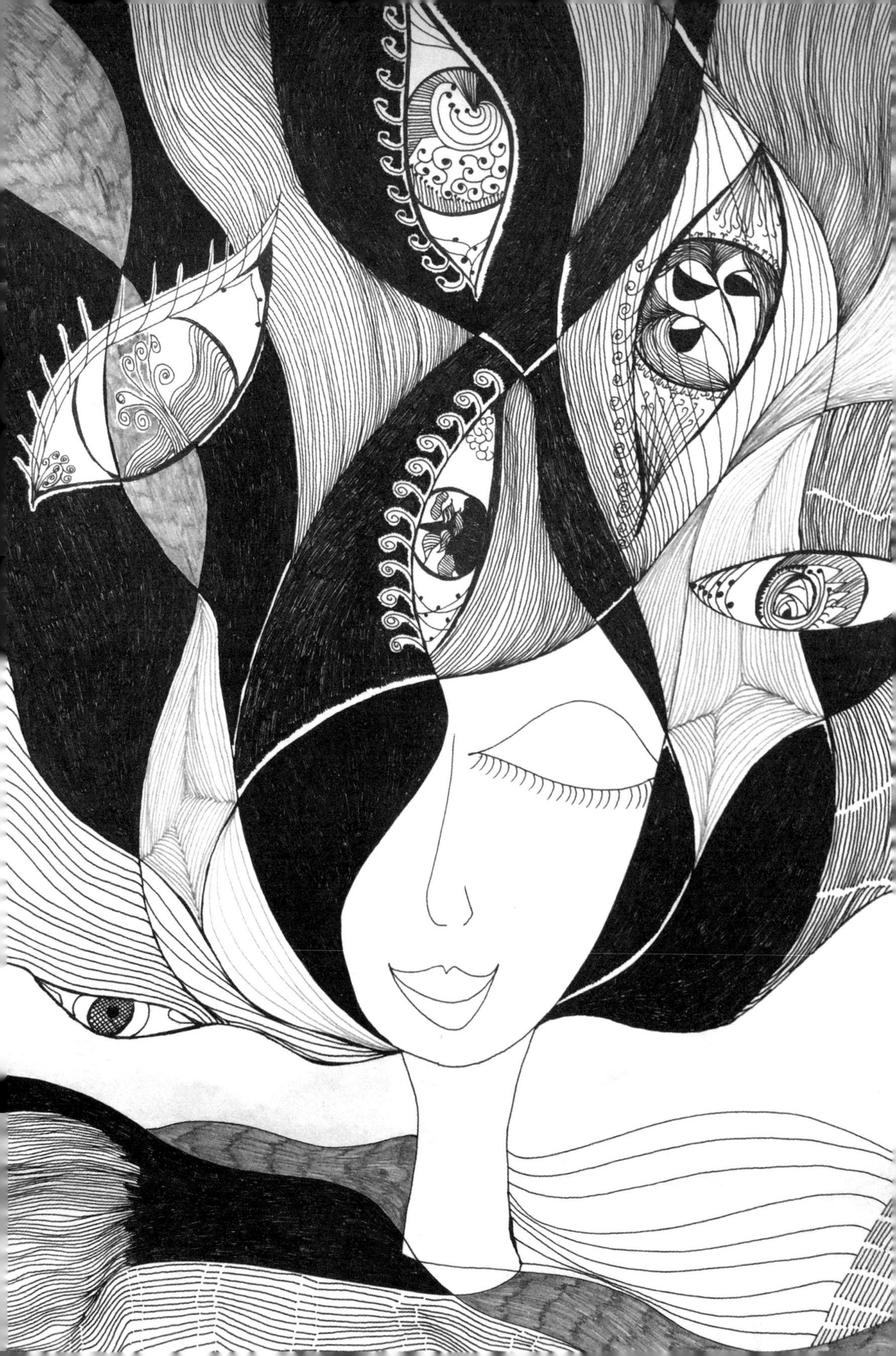

目送

秋风过，蝶落黄金
在纷纷坠落的空隙
隔一窗秋阳
所有的语言淹没在阳光里
一个眼神就足以明了

你路过时天鹅来了
那白色的长颈不曾回望
秋天的风留不住落叶的脚步

有些人走着走着就散了
有些话说着说着就没了

静默的钻塔和岩层知道
这个夜晚的风低声的记忆
如果不曾相识
握在手心里的温暖

只属于一个人的季节

我们擦肩而过
把那些欲言又止的话
留给身后的影子

远方

有一种忽略是遗忘
塔克拉玛干的风从远处来
风改变了方向

红柳和梭梭依然站立
不因流沙的脚步迷乱
你去了远方
遗忘了来路

春风从不虚度

阳光公允
粗放的戈壁,细腻的流沙
它都爱。大地上有多少苦难的
生命被碾压,就有多少倔强在生长

一场又一场春风
不毛的戈壁和荒漠
长出温暖的事物
红柳花,举着小米粒般的花蕊
开出一片春天

胡杨

用干枯的躯干矗立成伟岸
下午七点的夕阳
斑驳、古旧的光被拖曳得修长

来来去去,它们看过的脚步
已被黄沙淹没
时间的经纬编织命运的骨镞
流星划出的弧线
安抚焦渴

胡杨,居于戈壁与大沙漠的子民
护佑异方的远客
在不为知晓的黄昏
用深扎的根系
成全没有一滴雨的春天

等一场风

就再任性一次吧
从此把冰与火一起安置
热爱与偏执一同放下
没有谁能阻止远去的时光
就像没有谁能改变流水的方向

雪峰的白更接近蓝天
沙漠的波纹更接近大海的起伏

你是塔克拉玛干遗落的一粒沙
在今世等一场风暴
蜕变成珠

塔克拉玛干，沉默或唤醒

一

塔克拉玛干的风经过

沉睡千年的沙海漾起绿色的波涛

五百二十二公里黑色的缎带延绵

红柳梭梭是你的裙裾

芦苇的方格是你裙边的修饰

蓝色的苍穹改写瀚海的颜色

塔克拉玛干

不再只是赫黄

是绿色。是春天的绿色

夏天的绿色秋天的绿色

绿色荡漾的时候

沙海里响起了雷鸣般的足音

千年一梦的沉睡啊——

二

沙漠后面还是沙漠
辽阔尽头还是辽阔

时光的手指把历史抚慰
一页页装入泛黄的史册

蜿蜒的黑色缎带游走
在无边的浩瀚
绿色的波涛在延伸

三

天边飘来的红云
是大沙漠跃动的烈焰

钻机轰鸣唤醒远古海洋的记忆
铁铸的钻杆穿越上亿年历史的沉积
开掘。昆仑山低低的轻吟
柯一井绽放灿烂的石油之花
映红半个西天
大漠深处涌动的石油工人
挺起塔克拉玛干的脊梁

四

塔克拉玛干敞开了胸怀
泥浆搅动地层深处的酣眠
塔克拉玛干埋藏金子的地方
亮起一座座镶嵌明珠的钻塔

瀚海升起耀眼的新星
塔中四立在心尖上
胜利的捷报响彻玉门关外

特提斯女神眼波流转
眷顾恩宠惠泽
瀚海深处波涛涌动
一根根钢铁的脉管伸向地层深处
冬天的大沙漠奏起白色的音符
春的浩荡在揭幕

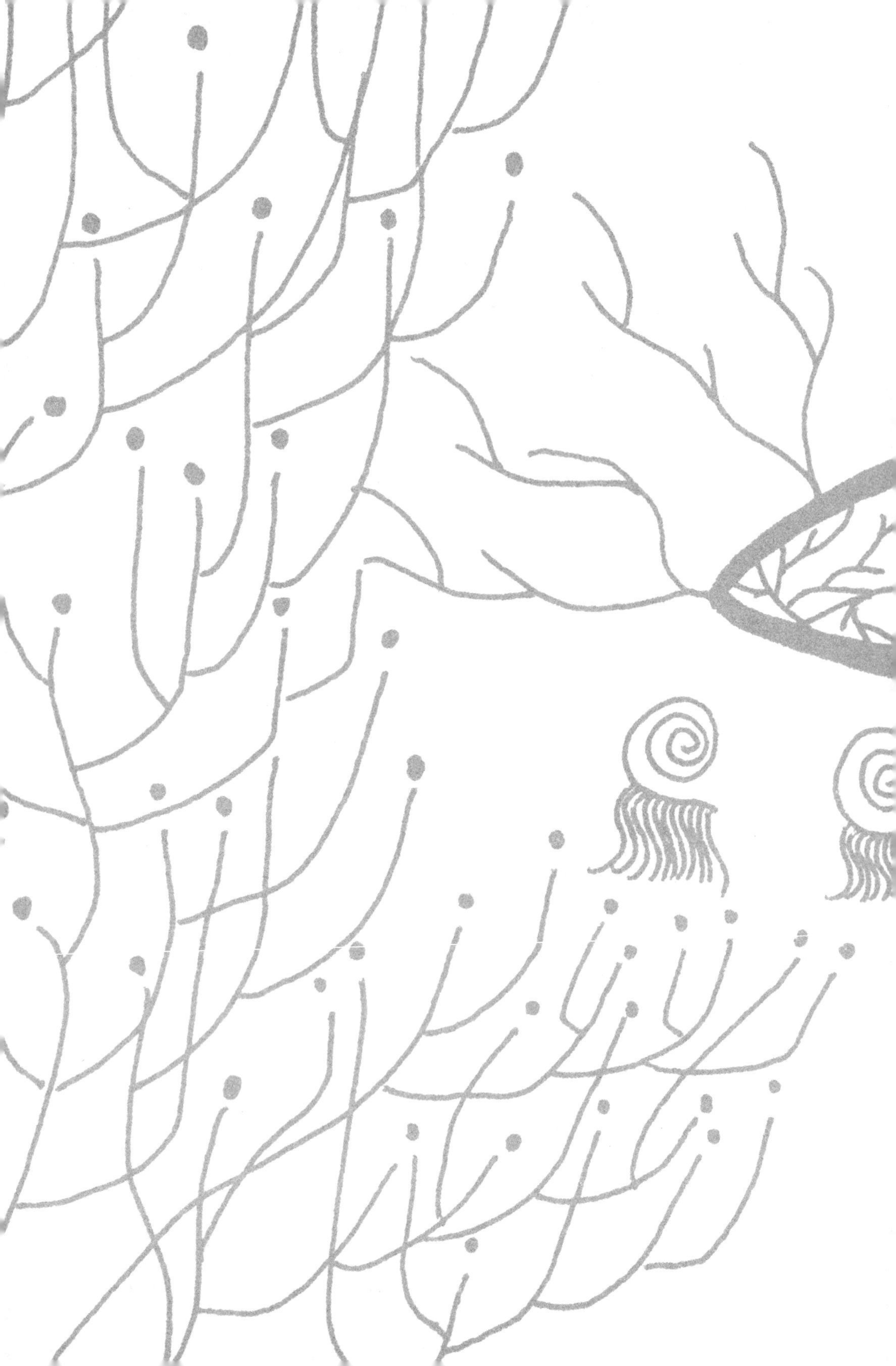

辑二　来来去去的云，
　　　　合二为一

我爱过

我爱过风的凛冽
吹裂骨缝的冷
足以让树木褪去衣衫
掀起墙体的外衣

我爱过火的烈焰
七月的大地冒着白烟
可我羞于说出
"是怎样一朵云
撞伤了我的脑袋"

这至今让我辗转反侧

火烧云

你在落日的黄昏
看一江水暖

天边绯红的云,一只燃烧的凤凰
像不像爱情,人间的闪电
炽热迅急,仿佛一生就为赴一场约

你说爱就是存在
时间是最好的证词

你眼中的烈焰
一不小心就沸腾了一江春水

过客

许多眼中的泪早已风干
去往的路杳无可期

仿佛一转身
一场大雨就成冰河
谁的孤独大过昆仑的落日
谁的思念抵岸可触

都说离别才是开始
命运的列车再也无从把握

来来去去，这往复的人世
这长短不一的人生
我们只是彼此的
过客

保持一颗星的距离

高处落日熔金
窗外蝉鸣起伏
白云在左,蓝天在右
虚构的风景,一直在远方
而你,是虚构的
一直存在于我的想象,密集而遥远

这人世繁华和凋零,剥落和生长
此起彼伏。唯有爱,一次又一次
顺从时光。温存与妥协让
河流里所有的等待都不被辜负
所有的微笑,都如四季芬芳

而你我,终将在岁月以外
保持一颗星的距离
恒定而久远。心所归处,即是圆满
安宁和顺遂也是

救赎

已经厌倦了秋天叶落
花木按季节凋零,每一次
谢幕,都是亡灵的魂以另一种形式
告别

这多情的人间,旋涡、飓风、暗疾
汹涌。那些沉溺在爱情中的事物
虚度的星辰、风、树的低语
顾影自怜也不能救赎
星宿般难以穿越的
黑暗。你插在心上的匕首
时间是愈合伤口的药

寄秋书

在秋天，总有些声音在远方
雾霭和山岚
雨后的银杏叶，桂花落

在午后，总有些画面恍惚
远山青黛
荷叶塘，一池荷一池秋

在夜晚，总有些辽远在眼前
褪尽灯火的沱江，随波逐流的荷灯
吊脚楼孤单的倒影

叶落秋尽
孤独保留了孤独
我保留了你

顺其自然

体外常常流逝的
不只时间

朔风吹尽呼啸
吹醒一河星辰

一场大雪在来的路上
夭折。阳光盛大,像爱
封冻的冰面,水底湍急
愈是冷,愈是热烈

纷纷扬起的
雪花,还来不及爱就化了

柏拉图的爱

在你之前,柏拉图只是一个抽象的
名词,一个形而上的精神指向

从前无法描述的、无从述说的庞大或脆弱的
思想,庸常的困惑
日渐清晰——
灵魂的深度、思想的闪光
于你阔大的胸膛
像飞鸟之于天空
像浪花之于海洋
永远未知的谜题——着陆

给一颗星赋予一片星空
生活之上的精神纬度
照见天真的梦想和孤独的自己

你用柏拉图的爱点燃痴迷

用思想的烛光照亮迷失的天空
先于我了解我，先于我打动我
先于我认识我
让孤独不再是单数

钟情你营造的天空
像塔里木盆地八千米地层深处涌动的油流
像慕士塔格峰七千五百米海拔的洁白
圣洁的雪水抚慰干裂的大地
像塔克拉玛干的风暴
震颤和惊喜远大于一场海啸

钟情一个柏拉图的爱
这样的爱炽烈、崇拜、盲目、饥渴
像星辰之于宇宙、像飞鸟之于天空
与世俗无关，与时空无关
爱只是爱本身
在你广袤的视阈里重逢
在你磅礴的思想里融合
你是塔克拉玛干，我就是其中一粒沙
你是太平洋，我就是其中一滴水
这样的爱赋予我永生
不会枯竭也永无期限

牧者

神布施的光
从高处下来

大地之上苍穹、星辰和鲜花
是神的恩泽
精神的隐疾,暴风雨的狂飙
肤浅的旧识与深刻的新知
困厄、挣扎和冲撞

世界安放在你召引的地方
凡所经由皆是存在
是痛苦也是蜕变

驱除病痛的不止是药
愈是黑暗,愈是明亮
已知和未见
由你指引抵达

时间的玫瑰

像深夜的一场雪
惊心动魂
深刻、理性如岁月的眼
思索与叩问
雕塑思想的车辙
时间深处的存在、蓦然惊醒的
文字，唤醒沉沉的昏眠
救赎每一寸光阴

灵魂的回音，唇齿合鸣
生生死死，聚散离合
绚烂和埋葬后的伤痛
也不过是时辰上的错落

时间从不鄙薄善待它的人
没有尽头的时间和
没有尽头的爱
生活的梦瘾、谜题和蓓蕾
是时间无尽的甘甜

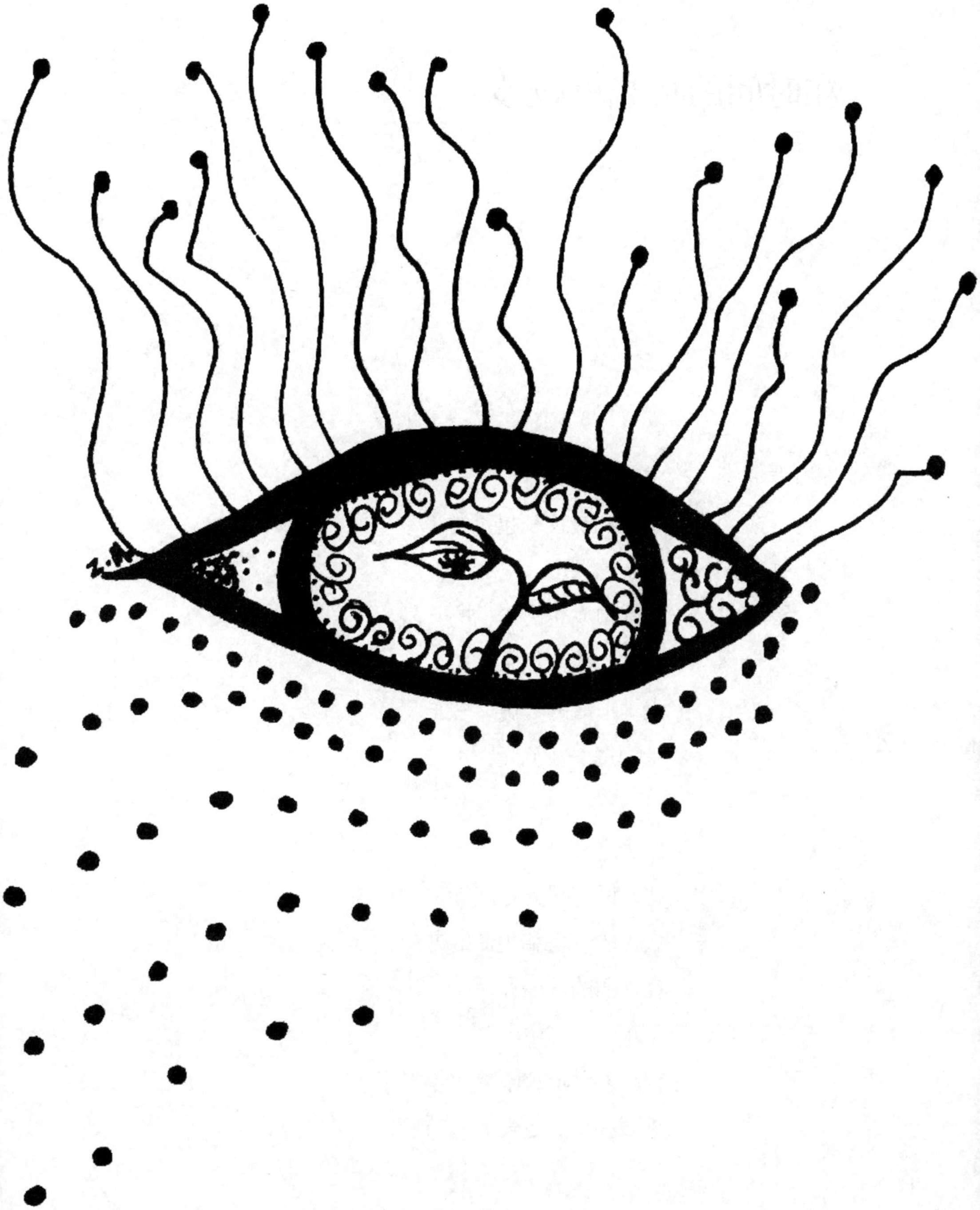

在时间的目光里跋涉

中年的额头
智慧和皱纹一起斧凿
思想的深度
一根白发生出尘世的
眷恋。生命越来越短
大地恒久的心脏
亲吻每一寸流光

山水之外
在时间的目光里跋涉
人生的灯塔和生命的方向
在古旧的城墙和
千年的史书中
穿越。潜流和暗滩也不能阻止
忠诚和热烈是美满的前奏

人间的篝火,再也没有迷途
你所在就是芳香的花园

风落下的声音

风落下的声音
冬天走近
卷成蝶才能依偎
叶片用一个季节完成
一生的拥抱

叶子的正面和反面
向内和向外。分裂的疼痛
与周遭的事物和解
重新诞生

打开体内的薄雾
让灵魂在晴空行走
重新认识青草

风语

风刮蓝了天
听叶落的声音

无辜的灵魂
在陌生的地方受苦
最黑暗的时候
也是最接近光明的时候
树不长在森林
却不影响它迎向天空

风吹过，等一片云
等一个灵魂醒来

秋天深处的月光

乘风而来的歌声
清澈、悠远

那些时光,甘甜又冷冽
星辰,热烈地开过,又寂寞地
消逝
密密的蝉鸣,雨丝一样冰凉
在车站属于你和我的
相聚与别离,遥远而又陌生的空气
被隔离、阻断

记忆,从此是一个具体的名词
在世界的另一端
消逝与永恒,永远是说不尽的
话题。转身并不意味着告别
而照亮今夜和明夜的月光
就是长长的一生

月光填满起伏的秋风

时至今日,已经能坦然接受
世间的别离和圆缺

不圆满是更好的圆满
比如,今夜
我们目光一致地聚在同一个圆
月华,是多么相似
父亲在的时候,母亲在的时候

你向西向东
我向东向西
月光填满起伏的秋风
一荡一荡的白月光
远了,更圆了

多像我们今后的人生
之前被撕开的月牙,用岁月
一次又一次地填平

母亲，我看见你睡在春天的原野

母亲，三月料峭的春寒
一阵一阵地冷
三十二年前，把你种在心里
你就离我远去了

这些年我学着用围巾取暖
在辽阔的人间，把自己裹紧
学着把你种在诗里，用文字记录遗忘
三十二年，多么漫长的岁月
学着把你种在杨树下，种在槐花里
把你种在一个又一个的梦里
种在每一个没有你的日子
甚至把你种在
春天——

母亲，我看见你睡在春天的原野
繁花似星眸，春风浩荡

这个春天

那么多金色涌向我

那么多爱包围我

当我成为你

当我成为你
血脉里溶注的基因
记忆的分叉在时间遮蔽的旷野
与时间流逝的情绪
同在此刻
母亲节，我们怀念和祝福
"像从大海里提炼盐"

某些时刻，生命交集的
体验。时间细节里的旅行
没有什么比你给我的爱
更真实

你离开越久越深刻
黑暗中那些天真的目光
让我相信你从未走远

时间的废墟,记忆的海洋
最后都成为人间的仓库
这世间有一种感情就像
星辰对天空,恒定而永无改变
就像大海每一次都如同初见

秋浩荡

让我如何安放,这清晨的惊喜
柿子的甜,只一口就哽在心底
压在心里的乡愁
像云朵涌动的白

孔雀河,水何澹澹
秋天已在千里之外盛开

远在万里的家乡,就在眼前
故乡模糊,你的面容日渐清晰
父亲,自你走后
故乡就成了一个词

用天空浩荡的蓝,裁一万匹绸缎
能不能平抑河流翻卷的浪
能不能压住心口汹涌的奔流

还乡

那一轮楚时的明月
这么多年缺了又圆的月亮
还照在湘江

罗霄山的秋思,缭绕在云端的离愁
落在谁的心头
父亲,今夜你可乘月归来

举一杯酒吧
遥寄一轮圆月
大漠在北,故乡在南

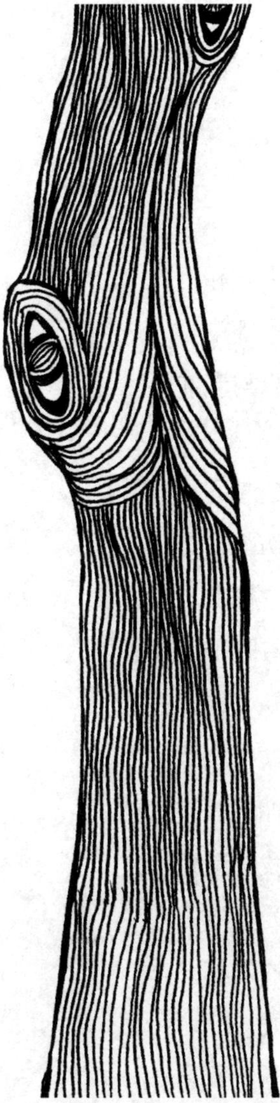

清明

万物与春天应和
风携着种子播染
静默的哀思与春红

这么多年,时间这把刀
把我的悲伤削减得
如同梨花一样白
我已经没有眼泪,除了少数
深夜和不知名的黄昏

风卷走云烟,假装遗忘
在人世,我们互相亏欠
恩亲、慈爱和岁月
想想你们的好和
曾在的人间
我就坚定了,双亲——

爱在爱里,像春天没有歧路

墓园

墓道静谧,松树的针叶
布满灰尘
父亲,我们之间只隔着一块墓碑
人生却被分成两段
有你的和没有你的

夏阳炽热,草木葳蕤
生活的藤蔓教会我
怜悯和爱——

栀子花谢了

所有的冷都到了顶点
高也到了极限
雪一场接一场地落下
冰封的河面在人间断裂

唐古拉山口的风还在耳畔吹拂
纳木错湖孤独的眼眸湿润往事
昨日的风景还在路上
栀子花的香还在鼻尖
凝固的面容在泪水的奔涌中模糊

虚空、妄念和挣扎
也不过是和时间拉锯
我们都是时间的过客

终于可以放下肉身的疼
覆上手中的白玫瑰

从此委身尘土
像雪花一样轻
像磐石一样重

一朵栀子花谢了
长眠在冬天

夜祷

我们热衷未知的事物
时代的渴望和骚动
让我们失去又热爱
带着夜的奥秘和地狱的
喃喃私语。如海浪般涌来

无尽的海啊，万物之海
来自黑暗深处的寒冷和喧嚣
被海浪咬噬出精致的波纹
被命运的浪冲击又平复的波澜
一生中被带入的漩涡
离合散聚，都没有定数

我为夜晚的回忆哭泣
我为宁静的海的长音祈祷

一些事物耽于死亡而不知

夏季花木葳蕤
在库尔德宁
牛羊在山坡食草、野花和
琼浆。夜晚的雨如瀑布
垂落,植物吞咽着雨水和山色
一些事物耽于死亡而不知
沉溺网络的人,正经历
另一场鸦片

在喀拉峻,满山的野花吸引不了
他们。牛羊和风景也不能
高远的蓝天和悠闲的云是
别人眼中的风景。他们欢呼着奔下山
只为进入有 WiFi 的房间

多年以后

冬日墙角的阳光下
站着两个阿婆
对襟棉袄，毛线帽
一个拄着拐杖
说上一句话
另一个要上前
支着脸，贴上耳朵
她们互相不嫌怨
满脸的喜悦
仿佛失散多年的姐妹

落雪的时候
海棠花开的时候
如果不是隔着库鲁克塔格山
不是隔着汨罗江
你会不会来
我们会不会是多年以后
相互指认的亲人

秋风破

一些事物已经陈旧
还有什么不能放下
想一想这些年,他是如何放下
你的。江山易主

秋风再一次撕破夏的面纱
万物终将凋零
没有什么可以阻止
向下的流水和
沉落的夕阳

在远山想念近水
陌路的人
还要咽下冰的火焰

汗蒸记
——兼赠闺蜜

我们交出体内的洁白、秘语和
疯癫。像少年的时光
共用一个淋浴,不顾旁人的嫉妒
风一样的声音穿透木门

水沿着身体往下流
像我们曾经的过往
留不住的,都是生命中的闪光
像我们各自怀有的暖
多么庆幸,我们被最好的岁月
爱过

大暑时汗蒸溢出的水
逼出体内的寒气、虚妄和倦累
肌肤晶亮、红晕
房间里温度灼热

像前半生递增的年轮，岁月缔结的
果子，时间磨砺的珍珠
——深情、怜惜和爱
是我们一生的珍贵

秋天,在可可托海

秋天,在可可托海
所有的色彩都可以重新渲染
比如秋天的红,夏天的绿
春天的新枝。一些事物在开始
一些事物在凋零

在路上,我们如惊喜的鸟雀
每一块石头,每一棵白桦树的老树皮
都把美和喜悦绘成风景
所有被寂寞染色的山水
都被快乐洗涤

所有的风景都像第一次看到
所有不认识的人都可以重新认识
秋天,在可可托海
所有的离别和重逢都可以重新开始

有些风景一经停留

就是一生的惦记

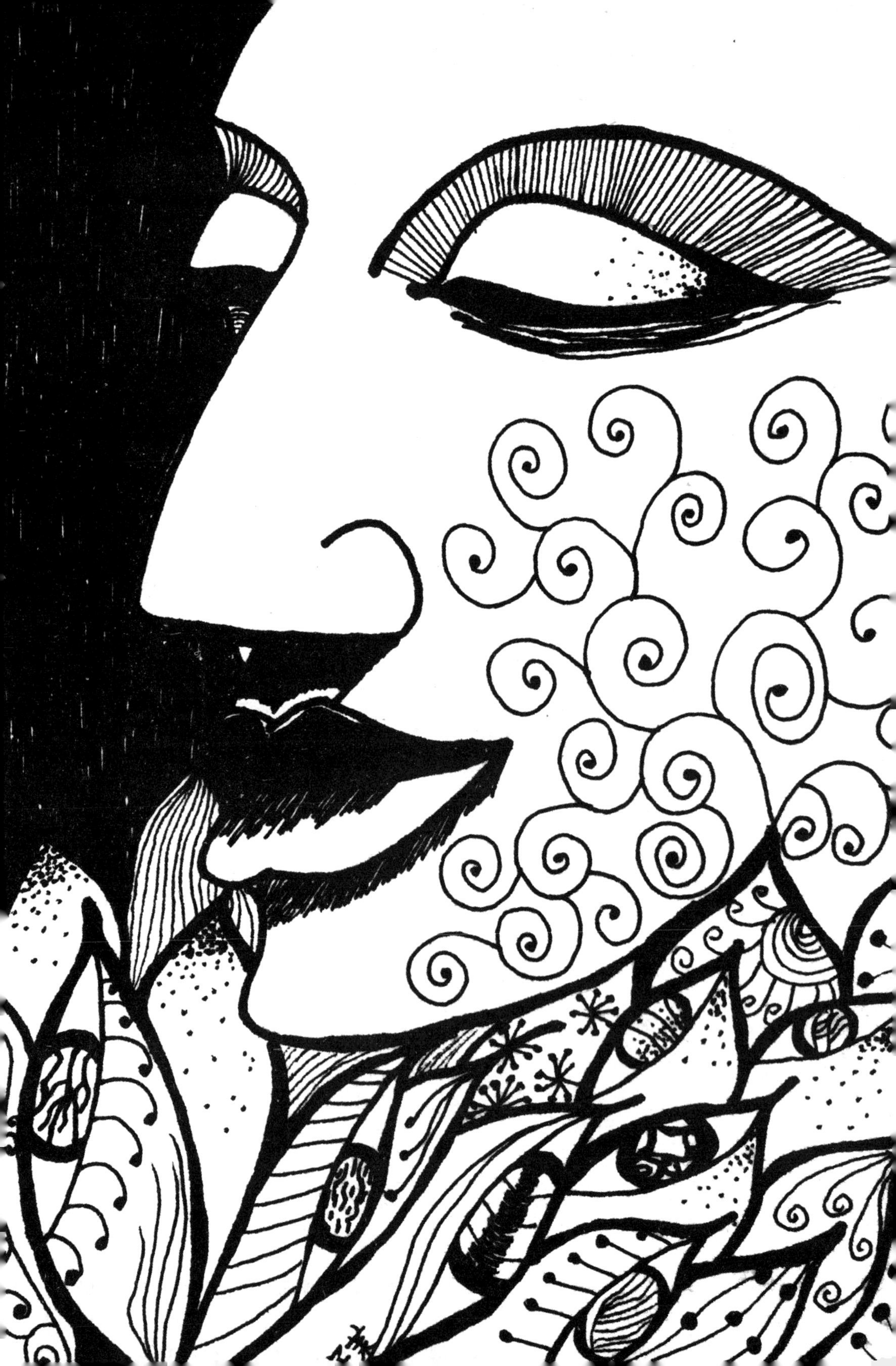

岁月眼

在可可托海

那么多白桦树的眼睛

像大地遗落的孤儿

无辜，怜悯，寂寞

它们多像被我们用旧的时光

麻木、呆板、无助

只轻轻一揭

就掉了一层皮

细腻，光滑

像没有污染的童真

像我们握不住的青春

愈退愈远

清白

骨子里冒出来的词
带着针尖上的疼痛
不能比天空再低一点了
乌云太厚
高过头顶

再不能有闪失了
暗处的窥视如鹰隼的眼
每一道寒光
都足以淹没无辜的羞愧

没有欲望是不是最低的欲望
陈旧如一的生活
晾晒一再翻新的旧疾

舌尖上的毒，惊涛拍岸
光阴的暗道，窥见人心
一枝荷也压不住人间的
尘垢

重生

不能再说出一声冷
谁的人生没有一场雪灾
喧嚣的鞭炮
红纸装点的热闹
也掩饰不了内心的清寂

制造神话的人也不能把善
安置在每个人的内心
"只有伪装出来的善良,
才会在逆境面前原形毕露"

烛光燃起又熄灭
人生往复循环
在黑暗里坠入深渊的人
向死而生

转世

命运的绳索勒紧春天的咽喉
还要吞下多少眼泪，经历多少磨难
才能洗白险恶的人生
苦难的深渊，走错一步
就是万劫不复

步步是深渊，而你像一尾鱼
多么无辜，万丈的黑吞没了你

黑夜丢弃的，永在时光
再也无法回头

万物寂灭，桃花还来不及转世
是结束的时候了
那么轻，像纷纷坠地的花瓣
大地是最好的归宿

变故

天空蓝得没心没肺
有不明之物滑落
一个执念就改变了人生
有多少言不由衷,说着成全

看不见的深渊一直都在
善良也不能救赎
险恶的人心
这些年隐藏在性格里的危险因素
让她退无可退

柔弱和惨烈不该是她的人生
多像小说里的故事
生活继续,而命运惶恐

存在或非在，就像记忆或者遗忘

　　　　　　　诗和阅读，这些让我感受快乐和悲伤的
　　　　　　　事情。自你走后，变得让我如此依赖
　　　　　　　我读我写。我依然呼吸着你在的气息

　　　　　　　像你在的时候。佩索阿，不曾远离
　　　　　　　就像自然一样存在。一遍一遍阅读你的文字
　　　　　　　那些张力让我痴迷。就像你深邃的思辨
　　　　　　　"慢慢地撕开了灵魂"

　　　　　　　你的沉默和无动于衷，像风一样掠过的思想
　　　　　　　不露痕迹，却无时不在

　　　　　　　我不知道，神赋予这样的恩典，是该感激还是忘记
　　　　　　　我无法不自由，这让我像风一样

　　　　　　　存在或非在，就像记忆或者遗忘

命运的烟草店

欢乐不是一个人的欢乐
悲伤是。含笑的清泪是无言
孤独不能代替夜的辗转
眼泪的巨流河也不能逆转

"在石头和生活下边有着事物的神秘
有着将墙壁浸湿和带给人白发的死亡
有着驱使所有的车辆冲入虚无大道的命运"
时刻已过,星辰明亮
命运的铁轨各自殊途

不是所有的错误都能修正
此在和彼在,如同河流的两岸
目光搭起桥梁的通途
时间的苦难,是渡津的船桨
灵魂的契合是交汇的黄金

爱恨离别，时间的法门啊
一经开启永无回头
生死往复多少命运被改写
我们走在时间的路上
无法回头也永无反悔

那唯一的去处是我们身后的归宿
夜色溶溶也不能让黑夜永昼
命运的魔咒时间永胜

生在五月

在五月我来到人世
被最好的人爱过

没有一轮明月像我
单纯、明澈

春天在悬崖上挣扎
喘气，苟活
在比黑暗更深的夜
洞察生死，加减人生
在刀尖上行走
火焰上跳舞

不能再难了
你的生命不是你的
你只是你自己

在秋天，我们说爱

在秋天，我们说爱
身体起伏，流水颤抖
爱情的液体，芳草清香
打开身体接纳孤寂、辽远、滋养和
绵绵不绝的爱。这一刻
是永生，也是死亡

在秋天，我们说爱
说告别，说重逢
藏在命运交会时的怦然心动
隐在时间深处的寂寂欢喜
让我们不断别离又重逢

天空浩荡
来来去去的云，合二为一

辑三　风摇过，满目青川

海之上

梦的片段和海的泡沫
涌现和淹没
一浪起,一浪涌
存在和消失
没有谁能永恒如星宿
纳百川,纳日月,纳万物
柔软和坚硬
喧嚣与寂静
你是四时,亦是此刻

海是万物，万物也是海

走过相同的路
再不会遇到相同的人

白浪翻卷沙滩
没有谁能留下足迹
时间不能，沧海也不能

大海吞吐白色的泡沫
战火在人间上演悲欢
无辜的生命，幼小脸庞上恬静的笑
时间抹去悲痛，哭泣，伤痕和残骸
也消化嫉恨，饥寒，战争和暴力

沉默的海啊，悲悯的海
你是归宿，你是来处

交出内心的纯粹，也看不清
大海深处的迷宫

海是万物，万物也是海

一些人走散，一些人走向远方

没有什么能留住
赤足走过的沙滩和
耳际的清风

我们都是大海的孩子
在它的身体里哭，在它的身体里笑
一些来自爱，一些来自美

没有什么能留住和你
虚度的一轮明月
生命多有限，时间多短暂

一起踩过的脚印，趟过的水
洒出去的笑声和滚落的海水
给你时间，与你同行的人
都在这里，都在生命的
海洋里合一

"像大海一样和一条鱼儿相遇"
再也没有什么能隔开

一些人走散,一些人走向远方

旅途

没有更远,在时间的尽头
有我们的未知
双足行进在远方
大雪落,沉寂的夜亮起
白光

这一生还有足够长的路要走
每一次别离,都是重逢的借口
微笑、转身

"大雪落向我们各自孤单的命运"

永远不要低估时间的辨识
一些人留下,一些人离开

神说
冬天离开的人,在春天重逢

罗布人村寨，秋天的十七个瞬间

一

你的出现点亮了风景
一朵花唤醒另一朵花
像春天唤醒青草的梦
罗布麻花低头微笑的样子
分明就是你

二

爱在爱里
尊重和平等一个都不能少
卑微留不住，眼泪留不住

蓝天，丽日，胡杨自带黄金
神女湖是岁月的镜像

照天照地照不见人心
人走在风景里
走着，走着，就成了风景

三

月光长在心里
每个长短不一的遇见，
都是神的旨意
不能再要求更多了
这起伏动荡的人世
从来厚此薄彼

一只卡盆泊在水里
芦苇轻摇千年的旧影
不见故人。

四

对着月光，灵魂溢出的光
心上的白莲花
多好啊，在陡峭的人世
可以欣然相望

远方来的风，空气潮润

香梨红着脸

泄露了你的消息

五

性是身体的魂

在秋天重逢的落叶

又把爱重新爱了一遍

六

阳光铺满阿不旦广场

晃动的相机和手机

摄取轻薄和浅笑

老迈的胡杨树身干裂

没有人弯下腰抚摸

它皱纹里的苦难与悲欢

七

红柳枝穿过一剖两半的鱼身

摘除脏腑，只吃肉

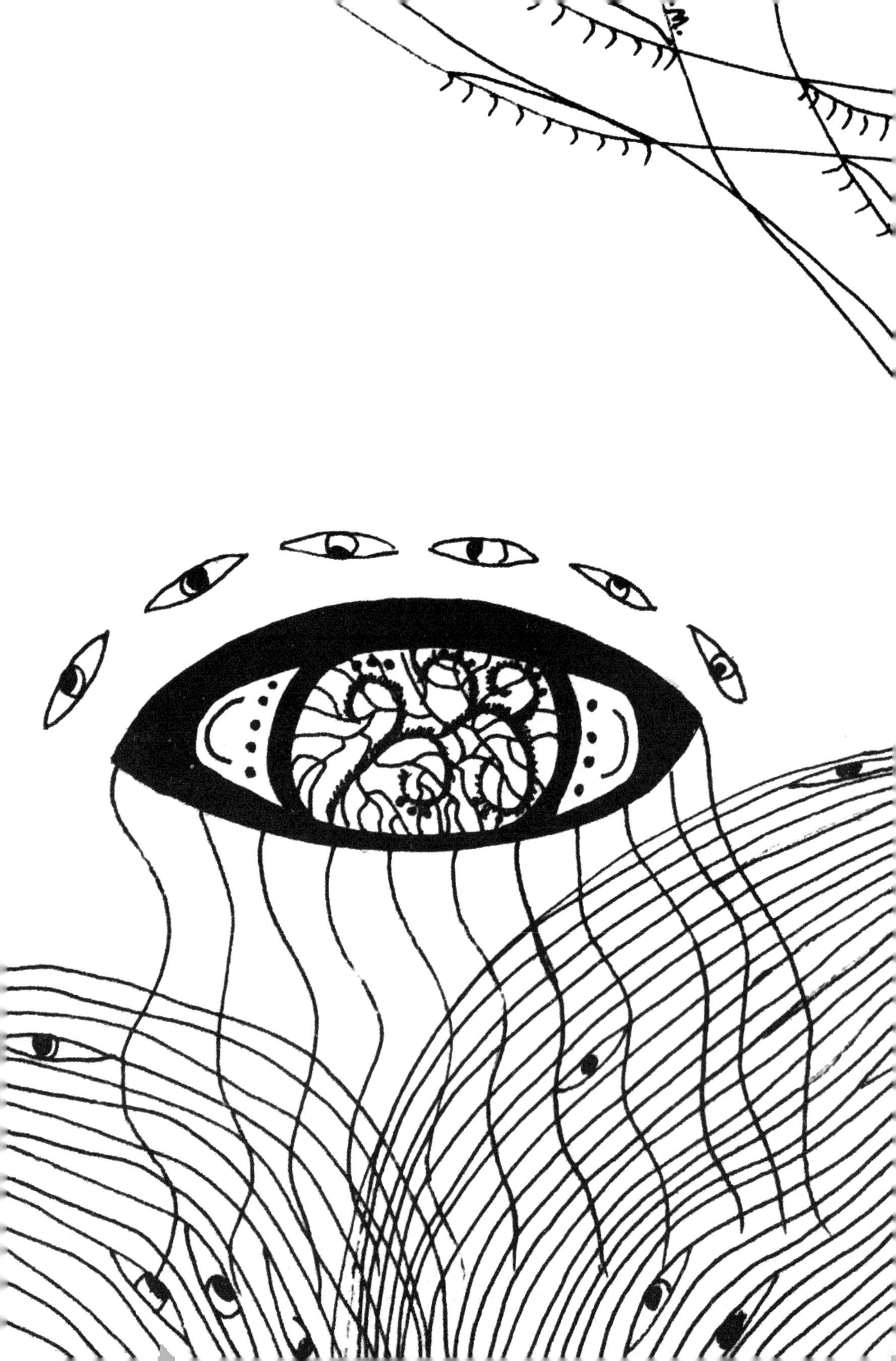

吃着，吃着，就成了空心人
妄想活成 100 岁

八

凿卡盆的罗布老人
梳理着时间的皱纹
50 元买一只卡盆
签名苏来曼·托合提
10 元可以和 100 岁的他
合影。他用活过的时间
挣钱。

九

塔里木河，水漫上来
胡杨是水泊里的绿林军
不喜不惧
在黄沙漫卷的塔克拉玛干
胡杨是大沙漠的硬汉
不焦不怒。时间箭簇般逝去
它们把生命，活成不朽

十

神女湖
没有人能说清你的颜色
走近,你是天空落下的蓝
远眺,你是眼波里一汪碧玉
绿的深处看不见绿
神秘的沙漠之眼,是你

十一

看库鲁克塔格山,一峰又一峰
淡淡的远,是消瘦的秋水

一粒沙,就是永在的水滴
命运的纹理锈迹斑斑
谁能说得清消逝其中的
一条河流的命运

十二

夕阳的鎏金铺满河面
塔里木河洒满金币

一叶卡盆,一人相伴
一卷诗书,不羡仙

十三

寂寥,热烈,微茫,博大
细腻,粗犷,沧桑,华美
这一生,要看一次沙漠
这一生,要看一次胡杨
就可以,不惧生死

十四

你看蝴蝶蓝色的翅膀
那澄明的、宁静的,
再无波澜的斑纹
命运的风暴已经退去
大海的涛声已经退去
来,胡杨已金黄

十五

一场风打开所有漫长而专注的等待
把世间所有的欢喜都给你

你用石头一样的沉默和坚硬
拒绝花开的气息,热烈,轻盈,羞涩
不,不用不好不要
罗布麻花低了又低

长夏已去,秋天正在离开
荆棘和冷风倏然而至。

十六

秋日的长风
吹过来,吹过去
没有人听见它轻轻地叹息
五个拉长的尾音——

你不知道的失望,忧伤,水上的雾
像枝头上的青杏

"我们在世上多么孤独
我在这一头,你在那一头"

生活植入体内的刺
最后,时间都会一根根地拔去。

十七

你不知道的月亮背面的样子
光,当你说出光
瞬间点亮的
不仅是黑夜
是眼睛蓄下的水晶

你在丛林中找寻命运的黄金
目寻着孤独的亲人

胡杨,大地上孤独的王
它们用时间证明不朽

在鲁院

再没有日子像今天一样
离开与相聚等长
此后每长出一寸光阴就长出一尺思念
那缕光,那盏灯,那个地方

我们钟情文字的星光
在灵魂深处滋养
在鲁院,爱没有更多

"相逢的人还会相逢
下一个路口见"

在理想国

在理想国
五十六株植物结伴
耕作自己的精神田园
种豆,种菊,种丝瓜
写诗,唱歌,吟月光
五十六株植物,在理想国里拔节
音乐的,舞蹈的,历史的,政治的
课堂上聆听,课后交流
碰撞,辉映,行走,敞开
世界更广阔地在脚下
延展
像弦上的箭
日子一天天往后退
不能再快

一步一步地
我们在走向去往人间的

路上。每一朵花上都挂着露珠
玲珑心。剔透,明亮
都是刻在记忆里的
珍珠

在理想国
把珍惜过成珍藏
一百二十个日子
把每一个细节无限放大
就有了无穷的记忆

所有的爱和深情
不是离别,只是开始

握手言和

走进鲁院
铜的塑身,你们窃窃私语
前半生你们互为镜子,照见
"生锈的一面、暗淡的一面、碎裂的一面"
你们肉身隔阂,言语讨伐
面红耳赤,各自为阵

天空飘过一片阴霾
只一夜,风刮蓝了天

你们的肉身,终于同在一园
同为尘埃,这不妨碍
若干年后,你们比邻而居

语言的碰撞,思想的交锋
也不妨碍,留在世上的文字
比活过的时间长

有星光的庭院

微雨不算凉
也来数个圈

荷塘中泛起的涟漪
大师们的塑像
拴马桩刻印的云朵
仍像记忆中那么熟悉亲切

隐在夜色中的灯盏
一直亮着
一脉相承的星光，熠熠明亮
一生在这里度过的时光
"像水和空气一样永恒"

相见和想念都是甜蜜
再也没有比离开更久远
再也没有比永远更永远

像刻在汉白玉上的墓志铭
"有了爱,就有了一切"

一生经过就是永在
生命中的音符被开启
像神的光透进来
启示和召唤
时间的虚幻指向彼岸
我们一直在追赶和超越的
"夜晚和航行日"

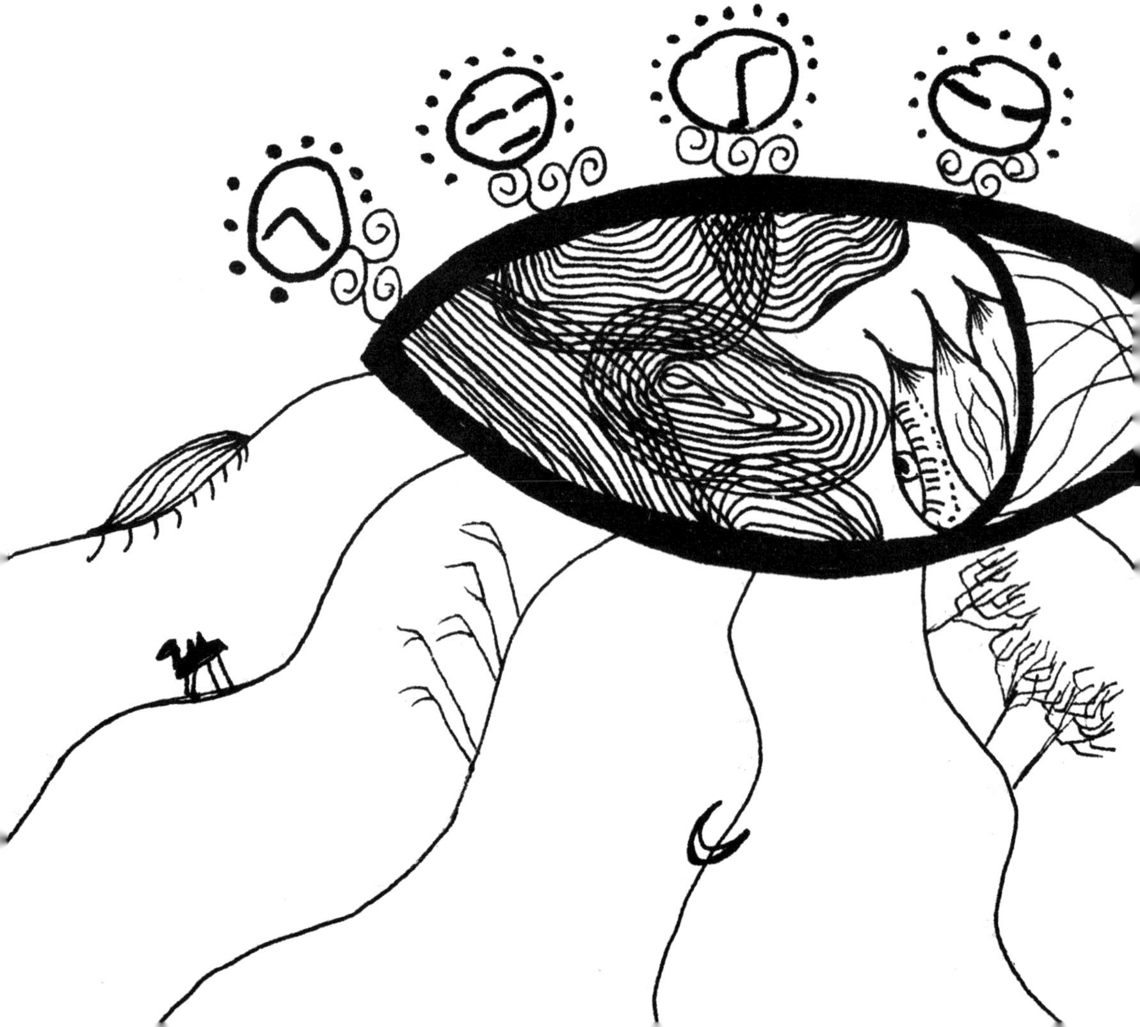

冰洁之美

只要一想起雪，心里的白
就增加了一寸

天空中飞过的鸟
并不比履冰的人少一分寒冷
亲历了四十多年的风霜
应对寒冷的能力
每况愈下

如今日渐老去的肉身
还能感受凉薄

白玉兰开花的春天
还有冰洁之美

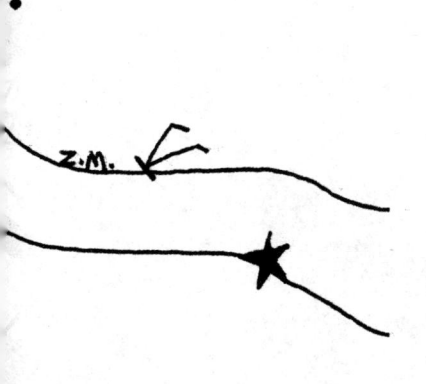

绝境之美

被时间眷顾的花瓣
塑在季节的末梢

天空之蓝的秘境
风带不走时光
落在枝上的两只鸟
俯视人间
没有人知道它们的孤独和
即将分离的命运

停在心上的时刻
不言悲欣

命运交集之处
一个向西,一个向东

矜持

我们总是把目光停留在远方
却罔顾身边的人和事
还有些什么能够填补我们之间的
空白,一场风暴足以掀起
命运的深渊
沉沦、挣扎
在一场虚妄的雪灾中
活过

那些不曾说出口的滚烫
一次又一次被命运的大雪
覆盖

时刻

忽聚忽散的流云布满天空
像我们临时经停的小站
在某个陌生的黄昏
瞬息就决定了一生的
爱情

像显现于白云之间的蓝
明亮，澄澈，真实
在不及防的时候击中
在耽溺于甜蜜和虚幻时退去

一生中的一些时刻
不是被带入就是被带出
迷路的人以痛感觉痛

远方的远

聚散不定的夜里
没有两个决定是唯一
愿望简单，变数未定

我们最终顺从生活
习惯悲痛，怀念，倾诉
熟悉疼痛的过程
漫长，煎熬，遗忘——

生活教会我们屈服时间
学会剪除心里长出的草

多少悲欣交集
都大不过时光

雪落下来

在一场雪中醒来
我们爱白的事物
纯洁,纯粹,纯真
像我们的最珍贵

一片雪在另一片雪中融化
黑夜在星辰中落幕
长夜尽头
一切的欲言又止,是雪的留白

雪落下来
比爱更快地消失它的一生

妥协

谁会喜欢一具用旧了的身体？
这世界崇尚美、年轻的事物
缓慢流动的血液
像黄昏时的落日
用辉煌的光抵御黑暗

被岁月摧残的皮囊有几人珍惜？
败在时间面前,青春、容颜和芳华
命运总是悲剧
它从不会怜悯谁

在塔克拉玛干沙漠
所有的粗砺和狂飙
都变得细腻和绵软
流沙漫卷
拂过尘世所有的硬,白骨、城池
经过时间的沟壑
再没有岁月抵得过它的
温柔

殊途

在天津看见
白蜡金黄的叶
让我想到故乡的胡杨
它们都自带黄金
一个饮苦咸水生长在沙漠
一个长在离海最近的地方
这让我想起
南方的山水与北方的戈壁
滋养和干涸，繁华和荒僻
像我们殊然不同的
命运

涅槃

事到如今,不用再说什么了
生命中疼痛和爱全部涌现
打破事物和重新开始
一样艰难

时间背负流水一刻不停
就像此刻,菊花全都开了
每朵花都有它的美
像人生走的每一步,都没有退路
深渊就是坦途,死就是生

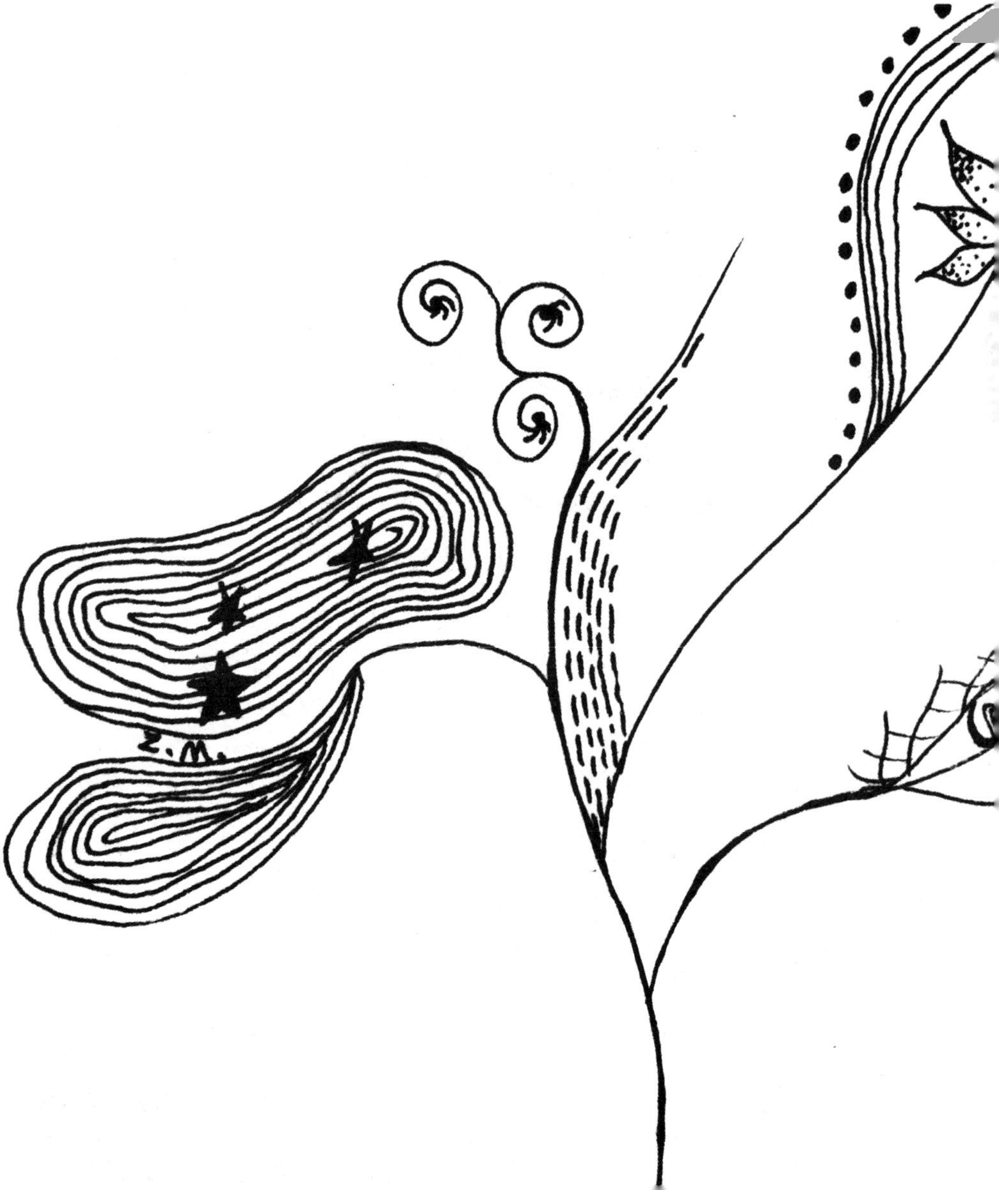
Z.M.

风一吹,雪就散

没有光芒的太阳是
月亮的亲兄弟

纷乱的脚步
也赶不上一朵雪花

没有追逐能大过一场雪
像一场宿命的邂逅
错失在时间的肩头

一些人永远在路上
像无处安放的灵魂

风一吹,雪就散
像落叶委身尘埃

你是遥远的意外

像冬天里静止的玫瑰
冷冽的热情,高蹈的姿态
风中的寒冷和词语的烈焰

疼痛让记忆复苏
置身事外也不能停止
在日常炊烟中创造的美

一切的险象环生源于虚妄的想象
时间的秘密就是在时间之外的
永不可言。在时间中化为灰烬的过往
不言悲喜。无数既往的等候
没有谁是唯一

流星交汇的黄金是时间恒久的
证见。刹那即永恒——

暮色吞没黄昏

记忆淹没大海

而你的出现是遥远的意外

触不可及

月光失眠的夜
被一颗流星击中
不言不语的天真
石头一样滚落的话
像溅起的白莲花

被星星照亮的夜
隔着电话的梦
在黎明来临前就
已经遗忘

要多远的距离
才足以拥抱
一颗失重的心

有多少承诺还来不及
兑现，就已经凋谢

虚构和非虚构都不及
轻轻一握的懂得

一个眼神就越过
万水千山

锦瑟

文字的气息
那么远又那么近
像你的存在
走近的孤独和
拉远的遥望
日日更深

一曲微茫
弦声响起
你在喧嚣的人群
无处着落的
空寂

远山青黛
起雾了呵
更深，更远

一只乌鸦飞过
一枚晚樱落下

礼物

没有一场雪
寒冷也如期而至
最远的你,总在最近的地方
聆听和凝望
我们热爱温暖的事物

味蕾唤醒时光延续的
味道,先于思念而抵达

"寄去你喜欢的,印江牛肉"
一束光穿透漠风
寒冷不能覆盖,距离也不能

如此幸福的一天
远在印江的远
比一场大雪先来

晚夕

"小天鹅徐徐展翅的夜"
清波在荡漾的绿意里
蒸腾

绿波倒影的霓虹涂染斑驳
天鹅的鸣叫,浑沉、喑哑
划破夜的黑幕
流星一样穿过耳膜

目光投向远方,更远
此刻,树成为树
我成为我

天鹅昂起高高的颈
再没有比那一刻更动人

离歌

所有的时刻都会如期到来
离别，转身
有的关乎时间，有的关乎命运
有多少坚定和坦然，就有多少软弱和沮丧
被瓦解，击溃
所有的道别最后都语焉不详

所有预知的安排，企图心
一点点迫近，日子锋利的刀片
切割真相，没有谁能更坦然
人间的绿水青山和沧海桑田
显露尖锐和剔除

时间孕育的激情，烈焰，不甘和庸常
在季节里承接，延宕
宿命的怦然心动和命运的殊途
最后都寂静无声地消逝

来日无多

秋天万物还来不及老去
蝉鸣急促、稠密

荷花举起残叶
世界有辽阔之美,我却如此悲伤

死不能永远
我所热爱的,终将弃我而去

人们穷尽一生
都在追求徒劳的美

真相如此残酷
我愿对大地之心
保持沉默

Z.M. EYES

我摧毁了一切,包括我自己

寒风中一颗草间的露珠
唤醒爱情
人间的炊烟沾满油烟,吸满雾霾的
尘肺——浑浊,昏睡

需要掩饰的是爱么
风吹过大地,虚掩的铃声
原野上响起的歌谣,被泥土打湿的文字

麻木迟缓的步履,被夕阳涂色的眩晕
敏感的羞耻心,不安,忐忑
忽略,冷落,撕裂和遗忘
刀子一样剜过
像城市中任何一处寻常的所在
这让人难堪的一天
如果可以,我愿意把日历撕下来

"我们制造的灰尘遮挡了我们的视线
我们依恋的情感歪曲了我们的爱"

存在与虚无

我的体内有闪电
有豹子的觊觎
有十万亩良田和带刺的玫瑰

误入歧途的人啊
在往复的人世徘徊
等一场风暴拔出体内的毒草
甜的事物都有毒
世间事概莫能外

手持钢鞭的人
何惧豹子体内的柔软
易碎的肉身是一切罪恶的根源
以毒攻毒
火的烈焰与冰的寒霜
一种形式的存在
是另一种形式的消亡

一墙之隔

陌生的,近在咫尺
遗忘的,远隔千山

风中静立的玫瑰,时间不曾褪色
卷曲的花瓣,季节也不能改变
静止、凝固,雕塑记忆的
刻刀。冬有骨感之美
不能懈怠它的冷

冷寂的枝头,喜鹊展开羽翅
沉溺在蔚蓝的辽阔,你来自何处

万事万物都将逝去
大风起处,谁将替我们活过

冬天不在世界尽头,
我是我的一墙之隔

夜游洄溪苑

远处戈壁荒芜
近处林木森然
衰老、腐朽,呼吸悲欢
虬髯枝杈,干枯老迈
活着,坚持不死

夜色是蓝的
只有石头还是石头

脚下一注泉眼,水声欸欸
冬亦长流

夜色低沉
蒹葭枯黄,几声鸟鸣
又几声

夜，那么黑
它们让我知道
我不是一个人

风带来消息

那些让骨骼闪烁光华的
词汇，也难以描述
此刻无言的默契与欢喜
那一刻所有的虫鸣、水声
如孔雀河盛满夕阳

星辰点亮星辰
海洋成为海洋
天空掀起一角，光照进来

"那个时候幸福的命运向他呈现了
一朵叫玫瑰的花"
我拥有一双在黑夜里看见光明的
眼睛，它让我不再害怕

谜题

喜欢微醺的感觉

进入和出离自我的深渊

羞怯的光，孤独的光

纯净和天真

百骸轻盈——

被黑夜遮蔽的

负重，此刻都可以抛却

鸟生出翅膀

天空之上，切肤之痛与灵魂之爱

自燃。命运和归途

永远是孤独的谜题

没有悲凉也不是谢幕

没有一朵云不爱天空

大地上的甘露是

多情的歌

深深睡，浅浅醒
落叶不知秋的梦
一场花开，一场花谢
生也是，死也是

这宿命的亘古与往生
同宿天空，归于大地
没有悲凉也不是谢幕

沉默的远方

把秘密说给自己听
轻声祈祷
写下他的名字
和清晨的鸟鸣

风带来的声音
在回应另一个声音

一切都会过去
阴霾、尘埃和风暴
一切都会到来
星辰、月光和远方

阳光像你的眼抚过我的脸颊
滑向沉默的远方

遇见

再过一次秋天
是不是就能让时间慢下来
北京的秋天，鲁院的秋天
遇见你的秋天

"有爱就有了一切"
孤独的跋涉和黑暗里的光
有了回应

我们都是文学的孩子
56张脸，56个脾性
简单爱，寂寂行

重逢和久别都是
为了遇见精神上相像的人
在秋天，在经过
相聚的片段就是

刻在时光里的永恒

风摇过,满目青川
谁听见,一棵树对另一棵树的呼唤

辑四　流水是春天的引子

春始

你在春蕾欲绽的校园
期盼一场春的盛宴
深邃的蓝,阳光盛放

沙尘已去,天空高远
白杨的枝干伸向远方
我在大沙漠料峭的春寒里
给你写信:
"枯叶下草已泛青"

春阳暖暖,你说:
"千里同晴好"

我落笔缓缓仿佛嗅到
第一缕花香

风一吹，托呼拉提草原的花就开了

风一吹
托呼拉提草原的花就开了
总有人如星辰般点亮我们
一如此处的花海

风掀起青草的绿香
四散的琉璃和云影
先于雪山的心跳抵达
梦里梦外皆是熟悉又陌生的
风景。仿佛你隔着尘世阡陌
出现在眼前

你的视野穿越瞩目的雪峰
众神的爱与山与水与花的海洋
热流、奔涌。爱情闪闪烁烁
年过半百还能不能唤醒体内的豹子
手执钢鞭的人心有战栗

青春已过，这宽广的草原能不能安放
一条河流的命运，还有没有一个码头
可以盛放落日和云影

矢车菊

蓝紫的花瓣在风中摇曳
风一动，心就疼
像极了爱情
蜜汁的忧伤和刀锋的毒
我们贪恋肉体上的耕耘
又在尘世找寻
灵魂里不自知的那一个

相爱又不能饶恕痛苦
在灵魂里攫取
火焰，如天空坠下的雨水
蓄满蓝紫的忧伤
像天边那枚蓝月亮
荡漾

紫苏

浅浅的粉紫，像夏日温暖的流苏
爱情的痴癫和疯狂不属于你
明媚和娇艳不属于你
绿色的辽远和粉色的寂静
在你朴素简单的花瓣里安眠
缓缓流淌的溪流和沉睡的雪山
像身后走过的时光
在不动声色的静默里
寂寂欢喜

原来世间所有的念念不忘
都是寻常的难以忘记

草原勿忘我

那奔向天边的蓝
比蓝天的蓝更纯粹
每一朵不能言说的心事
以云的姿态绽放

那些说好再见的
如今已远隔天涯
那些留在天涯的蓝
每一朵都是欢喜
也是遗忘
不说永远
不说勿忘

说好勿忘的人啊
早已失散在人海

红柳

见到你就见到喜悦
你是塔克拉玛干惊艳的新娘
绿得朴素，粉得忘记了娇羞

你的出现使沙漠忘记了空旷
塔克拉玛干盛放苍凉
也盛放辽远

再没有一个词可以说出孤独
哪怕只剩下一个人
还有影子相伴

沙枣花

五月的清芬迷幻了嗅觉
一阵风就是一场香氛
迎面的沙尘和漠风也挡不住
干渴,艰难
把自己压扁缩短
用刺的锋芒站成一面墙

用茎上的刺
隔离人世的深渊

忍冬花

冬是需要忍的
爱也是。生的劳烦,死的清寂
内心的麦芒和刀尖上的疼痛
这纷乱的人世要学会克制

看那株叫忍冬的花
开白花有清芬
开黄花也有清芬
四散天涯的人
除了柔肠寸断,还有什么——
不能忍

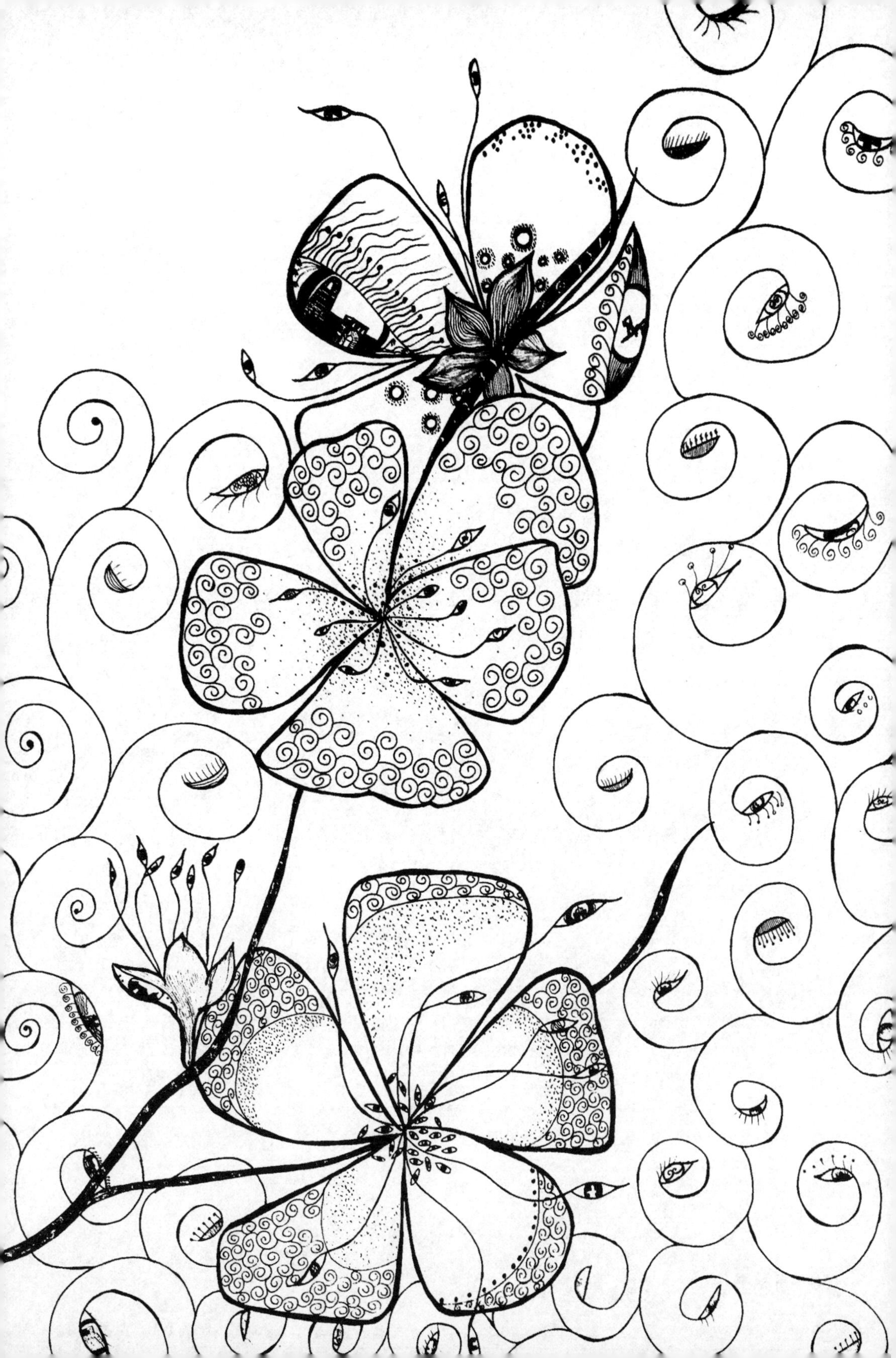

立春

风带来消息
把惊惧、不堪和寒冷
都放下。黑夜一过
就是春

雨水

戈壁粗砺，草木枯黄
天山大地
万物沉睡
激荡的风穿越楼宇
穿越库鲁克塔格山
唯有冷冽，唯有苍劲
唤醒万物

草木蠢蠢，生命中的雨水
应约而来

惊蛰

惊蛰之前,万物潜伏
有的隐于山川,有的隐于人心
埋首经文的人,宣纸沙沙的
落笔,暗藏的刀锋
蝇头小楷誊写《心经》万遍
也无法驱除内心的魔障
人心的沟壑无法用目光度量
伤人的暗箭来自信任

天空的闪电劈开狰狞的嘴脸
内心的惶恐、惊悸和逃遁
时间验证人心、人情和人世
用笔墨修改文字码起的
旧戏与经文
用什么来修复千疮百孔的
人性

莲花的经卷，熄不灭千朵的
怒火。一剑封喉是水浒里的人生

我们善于拥抱生活的假象
却被真相当头棒喝
是什么惊醒春天的蹄声
万物归于一处
寂灭与重生
一念起，一念灭

春分

天地平分昼与夜
也平分爱
平分远途的风景、思念、踟蹰和
不眠。平分万千山水、万里浮云和
前半生与你的邂逅

远方有鸟鸣、清泉和涌动的云
时空不能到达的地方
用文字抵达。你眼中的风景皆是
我看见的喜悦

这一刻,山水皆绿雨水丰沛
高处的辽远和低处的黄昏
一样绚丽

夏至

夏日的中心满是风暴
繁花将逝,夏已过半
还要说什么好呢
草木依然葳蕤
而脚步已偏离

"曾经如此
此后不再"

放下江心的那枚
明了又暗的月亮
从此不问——
圆缺

秋分

秋天就这样被白露描绘
金色的华美和凋零的衰败
一寸一寸加深的夜和
越来越白的月亮
秋风吹皱庸常，重复和虚无

天空赐予的畅想和自由
茎脉里流经的苦艰
甘霖与冷风，霜染的秋红
只为这一刻落下的
圆满与重生。在一场雪来临之前
所有的孑孓茕立与虚妄都不会被大地
辜负

霜降

跌落的黄叶
风干一季水分
体内缺水的人
向阳而隅

埋在落叶下的
蝴蝶的梦、秋蝉的梦

夕阳滚落河岸
秋风悲凉也无法唤回
离散的亲人。在人间
一些人逝去，一些人降生

霜降，用寒凉滋生温热
棉被覆盖寒冷，炉火舒缓萧瑟
星辰托举寂寥，大地收纳虚空

时间漫长，更迭与轮回
时间短暂，一个秋天就走完一生

立冬

冬夜的寒风
让所有的憧憬都降到冰点
不用一场雪就覆盖所有的冷

穿过一条街又一条街
交替的红绿灯，无神的脸
擦肩而过的都不是我的亲人

街道冷寂，风留不住叶子的
呼喊。陌生人啊，请给我微笑

请让我看到热切的凝望

大雪

在一场雪来临之前
清空体内的孤冷
万物之上
一些细微的声音抵达
灵魂
没有比一根火柴的光,更明亮
没有爱不能爱
一场雪覆盖另一场雪

你抿了抿嘴说:
"一切在心。"

此时
天空蔚蓝是爱,静默无言也是

冬至

不愿再说出心里的冷
置身事外的一场雪
也不能替代
时间的更迭与离散

这一生,还有多少刻骨铭心
被念念不忘所遗忘
不是所有的等待都有回应
不是所有的热切都被接纳
孤独总是与黎明无限
接近。春风就在寒夜尽头

等一场雪吧,或许所有的美好都将被
照见

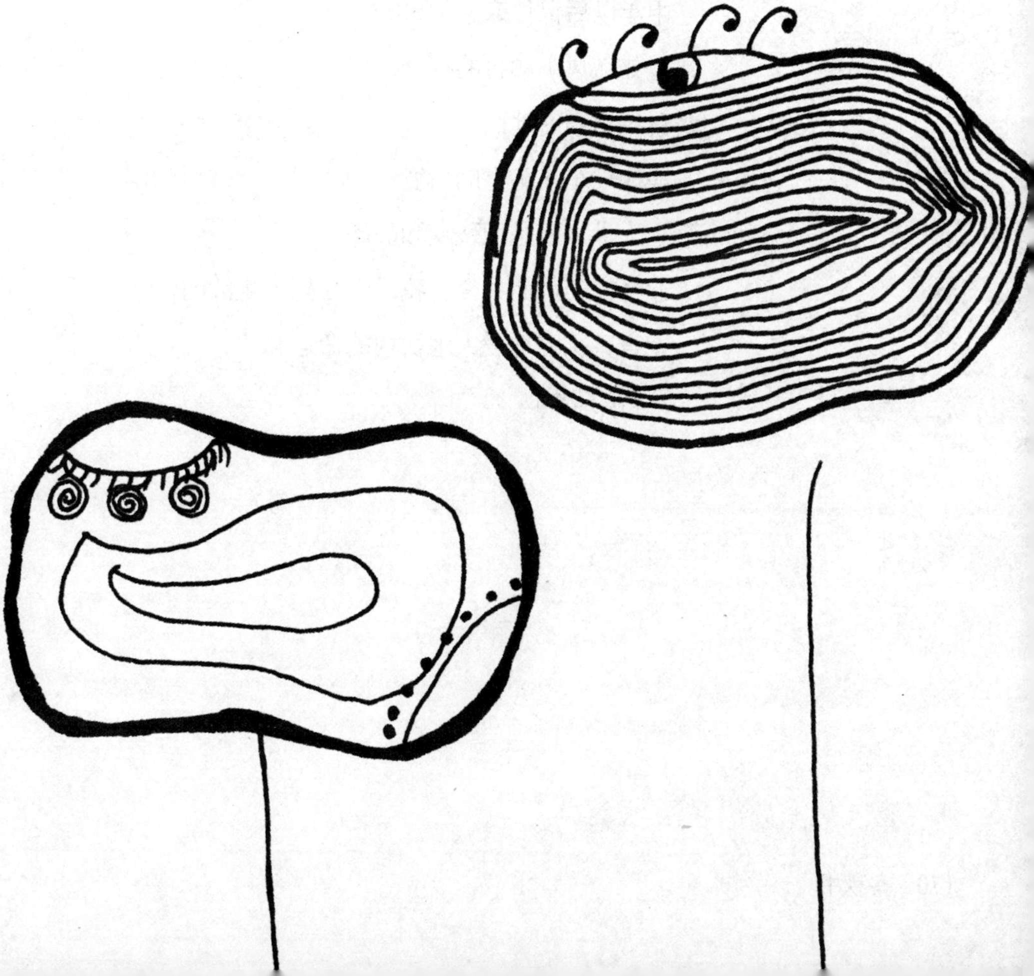

大寒

所有藏在季节深处的冷

再无复加

中年以后惧怕寒凉的事物

譬如在风中颤抖的树叶

凝结白霜的地面

多像一个人头上的白发

这人世从来是用残缺和破碎

诠释完美。而如今，我已学会拥抱生活的

无言，从容地爱大地坎坷的命运和

亘古的悲悯

罗布人村寨

秋水寒立,红柳燃尽深秋最后一抹
赭红。沙海吞没的夕阳
习惯风涌的人群
也习惯塔克拉玛干的寂寞

胡杨,鎏金的铠甲和不朽的枝干
用华丽与干枯
雕塑千年的时光

村子里的罗布老人 104 岁
如今,塔里木河掀起的风浪
再也没有大过他的人生

夕落

暮色渐起苍茫
炊烟带来鱼香

独木舟上摇荡的家园
牧放着羊群

流向沙漠深处的塔里木河
承载着年老的岁月
他们用皱纹深处的智慧
抚平生活的疤痕
收纳大地金黄的玫瑰

缓慢和悠长一样深远

一生中有这样一些时光
桔黄的灯光,翻开的书页

缓慢和悠长一样深远
捧一把内心的洁白
沸腾的喜悦和绵甜的蜜
茶水的汤色,晃动的琥珀
从容,安宁是多么美好的时光

文字的飞跃和笔尖的旋律
隔着时空,我们离阳光那么近
肆意泛滥的油菜花
散落一地的黄,流金的断章
一生中这样的时刻,属于你我
是不是就可以永恒

时间不紧不慢的脚步

一样的节奏,漫漶的憧憬
恣意的放大和延缓
美好的事物在慢慢开始

厚厚的积雪和冬天的静谧
沉溺在书籍和诗句的光阴里
春风不来,岁月不老

一场雨，就是一场杏花梦

把所有的倾听凝在琴弦
是不是就可以听到远处的声音
和世界的低语
和着风，和着雨，还有春天的落花

一场雨，就是一场杏花梦

冬天已经走远，雪还停留在山巅
一遍遍过滤的旧时光从唇间眼角
从指间溢出

要狠狠拔出扎在心里的那根刺
需要多大的勇气
时间舔舐伤口

天空灰暗，尘土和热浪裹挟
炽热却在一遍遍地挣扎、犹豫

在神布拉克瀑布

每一株草都在私语
仿佛久别重逢
每一朵花开,都肆无忌惮
仿佛最后一次
每一张面孔,都亲切无虞
仿佛从未远离

我们是失散的亲人
这神一般的日子
一半用来发疯,一半留在天涯
想念

那些风一吹就散了的瞬间
在每一个黄昏
一次又一次唤醒记忆

在神布拉克瀑布
一些欢乐和声音
像星星坠入草原

菊花台

在菊花台，写下你的名字
写下一万朵菊花的
秘密。风吹南山
吹每一张笑脸

风吹不散远去的经幡
吹不散眼角的隐忍

如今，那些雪藏多年的
秘密，早已化作尘埃
蓄满黄菊花的星眸，在有月亮和没有月亮的
夜晚，闪烁

枯叶

一些美在冬天
悬挂成不落的风景
走向陨落的事物
过于强大,就会以死亡和凋零
表白
落叶被风一吹
就动荡不安的命运
用海水的 N 次方来修复

用死亡孕育春天
像落日用黑暗开启光

秋天的童话

还有没有一个地方
美得这么热烈
那么多金色、蓝色汇聚成浩荡的海
闪烁的金，粼粼的波纹
蓝色聚成亿万年的湖心

还有没有一个地方
美得如此纯净
金色聚拢、蓝色摇曳

还有没有风景，像你一样
倔强。把根扎入地层深处
遒劲的枝干伸向苍穹
荒凉的大漠竖起不朽的魂魄

还有没有风景，像你一样
博大。似天空对大漠的深情

像久违的情人,水乳相融
生而不死,死而不朽

秋天已落下帷幕
时光能覆盖的都不是最好的风景

辑四　流水是春天的引子　181

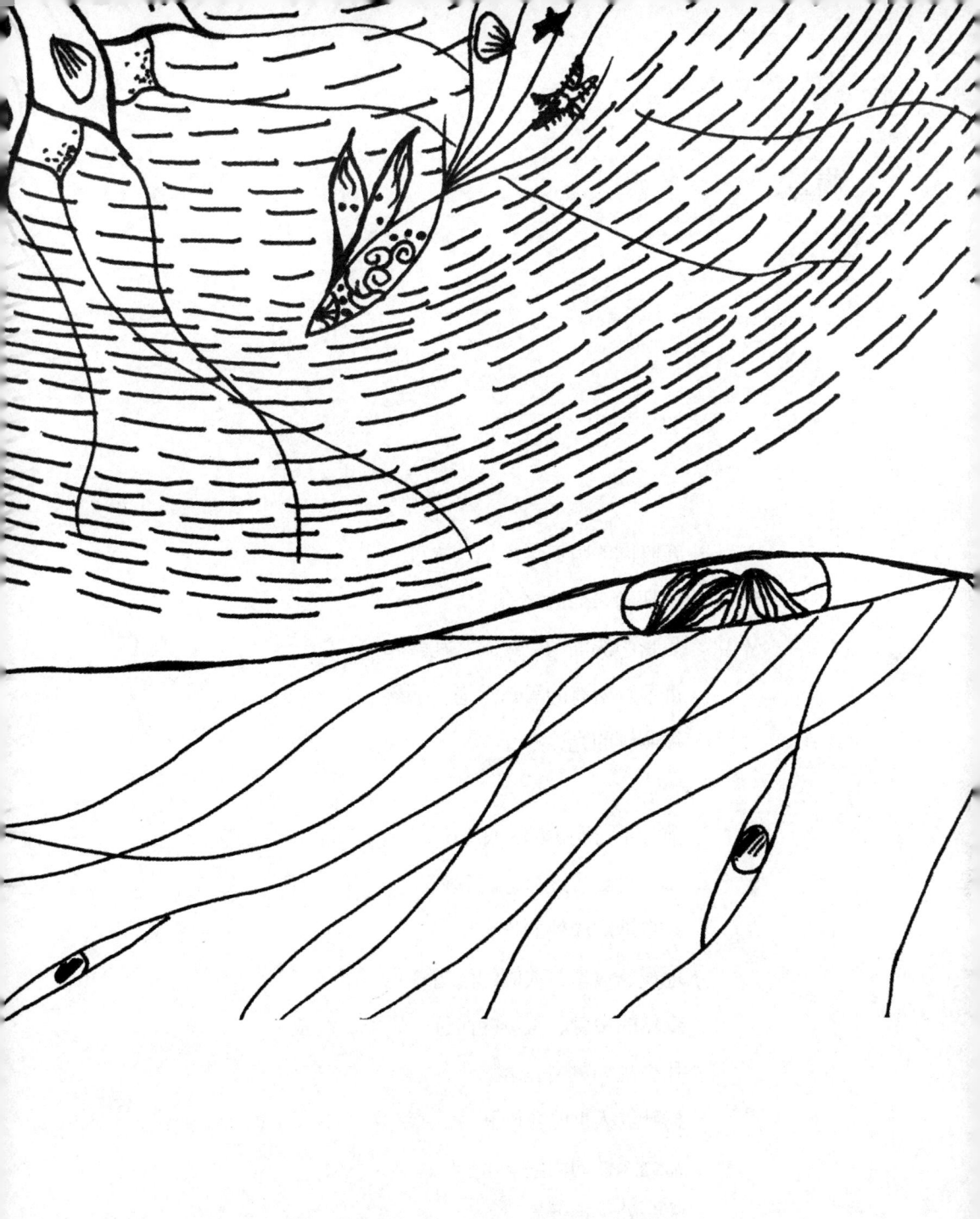

翡翠

在时间的暗道里烁炼，汰洗
一切尚未抵达之前
黑暗中的涌动、凝固、瓦解和
沉落。所有的黑都是为了那缕
被照耀的光

前方不可明辨的未知
哪一种更接近命运的真相
来自地层深处的跫音
地震、风暴，人间的雨雪
森然的白骨、斑斑的血迹、战争、饥荒
死生犹如风中坠落的
树叶。人世的轮回和
命运深处的沟壑
哪一处更接近光

白月光

月光湿濡的夜晚
星星亮着谁的灯盏
谁看见月亮背后的
影子

失语的冬天和凋零是季节的
模样。雪花的白
覆盖不了冬天的冷

鸽子飞去又落下
风带走了云

月光眼

今夜,月
比蛋黄清亮
像流慧的眼

我们灵魂中的小
被放大又缩小
月光洗尘——

掏出身体里的光
互相照亮,仿佛我们早已熟知

我们期待的永远
"比永远多一秒"

2019年年终总结

2019年库尔勒没有落一场雪
天晴的时候，依然能看见库鲁塔格山顶的
雪峰
遭遇人生的雪灾
内心天真的人，一次又一次被颠覆
人心险恶是万恶之源
步步惊心，步步痛
一点一点爬出泥泞和旋涡
人生的两端，一种是生活
另一种还是生活

朋友越来越少
留在身边的，都视为一生的
知交

人情味是我的软肋
最无助的时候是生命之光

读到喜欢的书，如遇君子
云胡不喜？
从此，只会为喜欢的文字动情

"十分冷淡存知己，一曲微茫度平生"
如此，就能延续一生？

失去的永远失去。二十年不过指间掠过的
一截光阴。斩断的手指不会再生
人心坏了与魔鬼何异

潜伏体内的决绝和刚烈
让我重新认识自己
再苦再难再无辜再不堪，都坚持不死
不活出个人样，怎么对得起这具肉身？

像植物一样依赖阳光
减少生活圈子。读更多的书
汲取更多的养分，它们永远不会背叛
写更多更好的文章，让内心强大

泪点越来越低，听不得世间的别离
转身的时候，努力不让你看到
我的眼泪

更多的时候沉默

一个人流了太多的泪。擦干眼泪我还能笑

在黑暗里重新看见光

时间越来越珍贵，用在对的地方

九月老兵镇之行，是泥泞与深渊的转折

世间还有什么苦，比他们的苦更苦？

"落在一个人一生中的雪，我们不能全部看见

每个人都在自己的生命中孤独地过冬"

诗是神赐予的闪电，这一年写诗太少，几乎可以忽略

今晨又能写诗了

第一次剪了短发

寸寸生，寸寸新

灾难与重生同在

2019年终于过去了，从未如此期盼时间迅逝

多好啊，还活着，还有光，还可以写诗

有多少热爱，说着言不由衷

风结它的籽
树开它的花

风暴掀起天空的大幕
一场雨也不能
洗去人心的暗褶

无尽的黑夜
也遮不住星星的光
有多少热爱，说着言不由衷

很蓝，很高的天空和
指缝间漏过的日光
在离我而去

风结它的籽
树开它的花

执迷

你用沉默拒绝柔软
放下执念放下爱
冒着流泪的风险
把世界交到另一个人的手心
石头里的光和
撑起的天空一起倾覆

坠入深渊的人
已说不出疼痛
被蛀空的牙早已麻木

去看看海吧
汇聚那么多的眼泪
也无法区分哪一滴属于我

罗布老人

104 岁的罗布老人
坐在炕上
他，凿一只卡盆
凿一天的时光，凿一生的时光
我们眼中的风景是
他生活的日常

芦苇荡里的卡盆
飘摇沧桑。风里来雨里去的
岁月，都刻在他脸上

如今，被我们摆在博古架上的卡盆
装饰房间的卡盆，沉稳安逸
那木纹多像他的人生
仿佛没有经过风浪

爱情和死亡并存
——致 S.A. 阿克列克谢耶维奇

切尔诺贝利，一场噩梦
灾难、毁灭

宁静的落日
无辜的生命，未出世的莲花
和离世的灵魂
被摧毁和瓦解的信仰
像空气里的辐射和灰尘
一样飞

天堂里的瓦西里
露德米拉，小露
没有什么能让我们分离
爱情不能，死亡也不能
孩子与父母是生命里的一场
融入与相遇

"我没有过世的亲人
我替所有人哭
替陌生人哭"

"主啊,赐予我们力量
让我们熬过疲惫的生命"

灵魂啊,安息吧
天堂,不再有铯,不再有谎言
不再有比黑更黑的土地

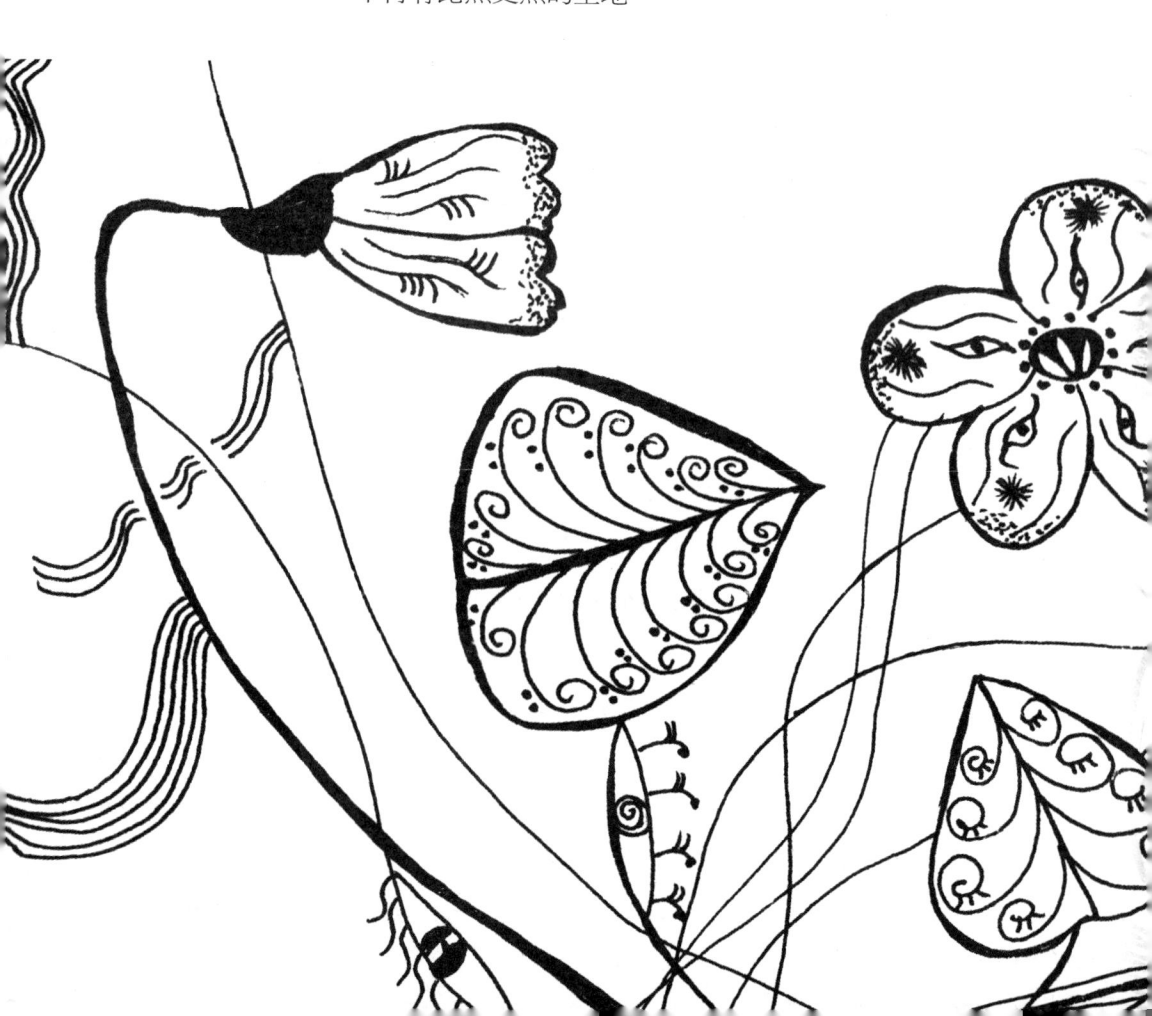

哭泣的小孩
——来自切尔诺贝利的声音

四月的雨，绿色的、黄色的雨
在切尔诺贝利，我们
把村庄铲平，把屋顶用水冲洗
把土地铲开，再埋掉
把树叶埋掉

飘在空气里的尘埃
飘在上空的辐射云
溢出在思想与信念之上的
灾难和无法回避的
事实……

移位的下巴、没有脖子的
变形的脸、破裂的血管
长在身体上的黑色的异物
布满液体的枕头

带病的身体，都会死去
都会被遗忘

妈妈，让我回到田野
那里有麻雀、金龟子和
我的小猫
梦里再也没有哭叫

在春天尽头

杏花、桃花、梨花
它们在春天都开过了

楼下的海棠花也开过
紫槐花落在草坪上
白色的洋槐落在小渠里

流水带走了你
你带走了春天

流水是春天的引子

还有什么能诉诸诗笺
流水已成了春天的引子
繁星隐于天际
黑夜里的那盏灯
光亮如昨,所有的刻骨铭心
已凝固成时间的模样

隔着万千的山峰
爱还如往昔般汹涌
我已学会在生活的旋涡
沉潜。春水缓缓
送斜阳远归

我们终将在时间的长河相会
重逢那一刻,会不会被流水
淹没喜悦